乡村底色

白庆国 著

河北出版传媒集团
花山文艺出版社
河北·石家庄

图书在版编目（CIP）数据

乡村底色 / 白庆国著. -- 石家庄:花山文艺出版社, 2022.8(2023.7 重印)
ISBN 978-7-5511-6204-3

Ⅰ. ①乡… Ⅱ. ①白… Ⅲ. ①散文集－中国－当代 Ⅳ. ①I267

中国版本图书馆CIP数据核字(2022)第120888号

书　　名: 乡村底色
Xiangcun Dise
著　　者: 白庆国

策　　划: 郝建国　李　爽
责任编辑: 梁东方
责任校对: 李　伟
美术编辑: 陈　淼
出版发行: 花山文艺出版社（邮政编码：050061）
（河北省石家庄市友谊北大街330号）
销售热线: 0311-88643217/96/99
印　　刷: 永清县晔盛亚胶印有限公司
经　　销: 新华书店
开　　本: 880 毫米×1230 毫米 1/32
印　　张: 8.375
字　　数: 170千字
版　　次: 2022年8月第1版
2023年7月第2次印刷
书　　号: ISBN 978-7-5511-6204-3
定　　价: 30.00元

目　录

第一部分　村庄的二十五个名词

第二部分　加上形容词修饰以后的村庄

第三部分　村庄的证词

第四部分　一些小的事物虽然微不足道，但起了决定作用

第五部分　我的乡间生活

第一部分

村庄的二十五个名词

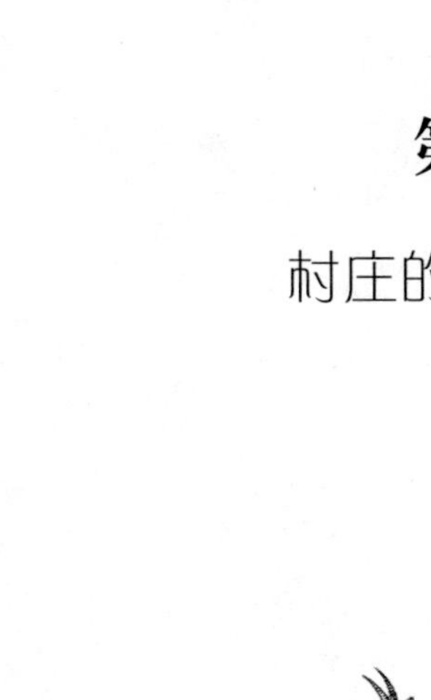

快乐牛车

牛车是我们的天堂。我们感动于它的转动，尽管它的速度特别缓慢，但它能从甲地移动到乙地。乡下还有几样能够转动的物体，比如水车、石碾，但它们经久的转动永远不会离开此地。它们的无限努力，灌输给我们心灵的只不过是无休止的厌烦。我们经由最初的欢悦，而悄悄离开它们，来到牛车边。牛车的确代表了一个时代的运输状况。

一辆装满货物的牛车，牛总是很乐意运输到远方，远方充满了新鲜的永无休止的诱惑。一车货物牛从来不感到沉重。牛的力气有多大，我们谁也无法测量它的极限。它就那样在自己的极限内自由地奔走。有时为了配合这样一种运动，我们跟随它，追逐它。我们熟悉了它的脾气，我们不能很小气地估量它的力气，我们只能大大咧咧地在它不自觉创造的快乐气氛中自由，奔放，无所顾忌。我们找到了快乐的源泉。

如果让我们说出，究竟喜欢它的哪一部分，真是无从回答。巨大的车轮高高地撑起车体，结构合理的车体上，两旁有护栏，车底铺着不整齐的木板，它被所载的重物磨损得破烂不堪，车辕的前部，吊着盛着润滑油的木瓶，里面插着一把刷子，车夫只要将它取出来，轻轻地涂油在车轴上，整个牛车在行走中就感到轻松。我无法对它的轮毂与轴进行一一拆解，而阐释意义，我们重视的是它给我们带来的快乐。意义对我们一点儿也不重要。

车体托起了车夫的高度，使他有了对许多事物俯视的可能性，因而他总是在嘴里斜叼着手卷烟，鼻子里不时喷出呛人的旱烟雾团，他是我们的大伯或二爷或者是我们远房的一位大哥。他轻蔑地盯着眼前的道路，他的姿态表面木然，然而内心刻薄。我们有时对他会产生一点儿反感的情绪。可是我们已经顾不了这么多了，我们迫不及待地爬上牛车。一架牛车在平坦的路面上行走显得很高大。我们站在了高于我们的高度，获得了同样对许多事物俯视的权力。巨大的车轮碾轧大地时发出笨重的隆隆声，好似大地预谋集体暴动，让我们遐想无边。

我们只要稍微讨好一下车夫，就能获得一点儿驱赶牛的权力。当我们从一只粗糙的布满裂口的手心里得到这样一点儿权力时，内心的喜悦溢于言表，但我们克制着，最大限度地享用着只有车夫才能享受到的美差，尽可能地延长着这种舒服感觉的尺度。尽管这点儿权力是一根木棒或磨损的只有尺余长的鞭子。

我的童年和许多乡村孩子的童年大都是这样度过的。

放学后的第一件事，就是跟在牛车后面跑。车夫挥舞一下鞭子或木棒，我们就像麻雀一样一哄而散，我们总想爬上牛车分享车夫的傲慢。

那时候牛车遍野都是，我不知道一驾牛车，呈现给人类的哲学启示是什么。我只知道，一驾牛车是缓慢的、从容的，牛是憨厚的、温顺的，车夫的脾气多半是柔和的。车夫是叔辈的人，看到我们总是面蓄坏笑，占我们的便宜。“叫个爹”，“叔叔就是爹”。车夫坐在左侧车辕上，手持一根细荆条，并不抽打牛的身体，只在吆喝它时晃上几晃，以助声威。起步要喊“驾”，调整方向要喊“喔”，“吁嘘”，站住要喊“吁”。这些耳熟的语言，我们从来没有研究过它的具体词义，只是很顺嘴地使用着，根本不知道用笔在纸上怎样表达出来，其实一点儿也没有这样的必要。

我们兔子一样蹿上牛车的后尾，攀进车厢，一边休息劳累的双腿，一边得意着自己的好运气。身旁葱绿的麦苗向后移动着，我们像王一样检视着，我们霎时有了威严，一种不可抗拒的威严，可惜时间不长，我们又回到了民间。缺憾，让我们对牛车的缓慢产生厌恶，对速度的欲望是每个人与生俱来的。广阔的田野上根本没有汽车的影子，汽车是城里人的，它只能沿着城市的脉络飞跑。偶尔有一辆也是蛋子他爹开回家的，军绿色的，长春第一汽车制造厂出产的。一辆军绿色的玩意儿，蹲在蛋子家门前的空地上。我们放弃了上学，以找蛋子为名，爬上了这辆军绿色的车体，众多的部件掩藏着众多的奥秘，我们想一一破解，我们不停地摆弄着，不停地发出咯吱、咯吱的声音，这种充满破坏性的声音，让我们不得不终止了玩弄。想象着它飞奔起来，我们坐在上边的样子，我们多想它飞奔起来呀！可是能够让它飞奔起来的人只有蛋子他爹，蛋子他爹在城里汽车运输队，由于国家建设任务急，半年回家一趟，回家总是睡觉。

一辆停止的“军绿”，当我们在它的上上下下玩够的时候，因它的不飞奔，我们扫兴地离开了，我们挑逗着蛋子，让蛋子给他爹要求，拉我们一圈，可是这种想法根本实现不了。蛋子他爹长得很凶，高高的个子，尖尖的鼻子，狼一样恶狠狠的目光，总是很不屑地看我们一眼，然后很牛气地将“军绿”开走。汽车掠起的烟尘在田野的上空，久久才消失掉。

一段时间我们实在无聊，找不到一件能够释放我们饱满激情的事物。我们对牛车的缓慢产生的厌恶的确有所缓解。我们不能对它要求苛刻，它不能让我们迅速到达目的地，我们采用了各种小动作，以作补偿。用木棍触击牛的屁股，用手指搔痒牛的坚硬皮肤，掐它的尾巴骨。速度稍微快了一点儿，就那么几步，真不过瘾，慢就慢吧，我们原谅了它的慢，坐在车厢内、车辕上、车尾上，慢慢地向前走着，没有目的，其实我们根本没有目的。我们少年张狂的野心逐渐被这种缓慢吞噬，我们坐在它安静的运动中，以至不再注意它的速度。牛在我们猛烈的吆喝声中，不紧不慢地走着，车轮下乡间土路凹凸不平，我们的身体领略着甘愿承受的轻微颠簸。夹挤在土路两边的高大的白杨树，在春天的微风中欢快地摇动着，它们的嫩绿的叶子轻拍着，像儿童的手掌。田野一片葱绿，麦苗幼嫩地生长着，燕子们在麦苗的上空飞奔着，那些自由飞动的小虫偶尔被燕子吃掉，安谧的田野给我们带来的是宁静，无争的宁静，田园的气质一点儿一点儿灌输给我们的肌肤、血液、心灵，而我们又从未察觉，以至长大后确实不愿意离开它了，从不愿意到另一个地方远离它。这难道就是我们久居乡村的潜在因素？几十年以后，我就是那位赶牛车的人，车夫的角色被我们无声地替代。后来又一群跟我们一样的人，重演着我们儿时的鬼把戏，可惜时间不长，牛车便逐一消失。在几十年后的一个安静的夜晚，我蓦然地想起它，回忆着它的每一构件，诠释着它存在的意义。

一驾牛车消失了，确实消失了，消失得无迹可寻，因为它的缓慢。

在牛车消失的一道风景里，有了无数汽车的影子，它们在田野上肆无忌惮地飞掠着，惊起的灰尘久久不散，还伴随着浓重的汽油味。

麦秸垛

我喜欢麦秸垛，它是村庄里超过十米高度的唯一事物。

在宽广的场院上，它的高度在一寸一寸增高，而在它的一侧脱粒机的繁忙，让人们无暇想及其他。

垛顶上的人显得矮了，他的下肢完全埋没在金黄的麦秆中。心里依然期盼着再高些，再高些就能看得更远。热爱高度是人们的天性，这种天性随着年龄的增长而减弱。

一年四季的绿色，灌输给人们的只是一种无限的生机，而金黄灌输给人们的是一种新的生活信息。这种信息是少有的，每当它来临人们便自觉地忘我地陶醉、撷取。麦秸垛一寸一寸增高的同时把这种愉悦提升再提升。那是无人恩惠的自然福泽，人人可以无愧地纵情享乐。

一座刚刚完成的蓄着麦香的麦秸垛，给村庄带来吉祥。麻雀飞过来，燕子飞过来。

站在麦顶上的人像在沙漠中走路一样，举步维艰。有一种落荒的困顿和无奈。心情依然舒畅。动作利索地踩着下面的人用仰望送上来的，刚刚被脱粒机吐出来的还存有呼吸和余温的麦秆（一架被锈色侵蚀的脱粒机，从来不疲倦和厌烦，工作是它最快乐的事情）。我对垛顶上的人充满了渴慕，那是一种难得的劳动，一年一次，取决权在队长那里。为了争取到这样一个机会，必须有很长的情感积淀。

天空中的阳光，一直很强烈。劳动的人们脸上有一种要休息的倦怠表情。可队长就是不开口，队长的脸上是焦躁的，恨不得马上把全队四百多亩麦子全部脱完。时间是金贵的，尤其是在繁忙的麦收多雨季节。

太阳依然火似的照着整个场院，照着人们焦躁的脸，照着一座未完成的乡村雕塑。

田野一片空旷，刚刚长出的玉米苗子，给大地重新披上了绿装，大地进行了一次长呼吸，舒缓了许多，又重新上路了。

我特别羡慕那个站在垛顶上的人，他站到了村庄从未有过的高度，他一定看到了他心上的东西，此时他的心情一定与众不同，激动与澎湃，让他成为我们村庄唯一一个饱享此福的人。

垛顶越来越高，充满了神秘遮掩下的好奇。我不止一次地想上去看个究竟，可队长严厉的目光着实让人畏惧。队长掌握着全局，夏天的天空变化无常，要在雷雨赶来之前，把这些黄金的种粒收藏。经过雨水的麦粒有一种霉味，会破坏父母们一年的劳动心情。

麦垛在不停地增高，它的阴影投在了北面空旷的田野上。站在麦垛的后面，你就有一种被阻挡的感觉。许多年了，一部分人被阻挡在了村子里永不能走出一步，另一部分人逾越了这堵无形之墙，走到了外面的花花世界。从外面回来的人有了新思想，就开始鄙夷起麦秸垛。他们不再走近麦秸垛半步，他们的思想在麦秸垛望不到的地方。麦秸垛开始自卑、猥琐、自暴自弃。金黄一层层消失，取而代之的是霉烂和腐败，最后完全消隐和彻底逃遁。

随着时间脚步的移动，人们再也唤不回那曾经给人们带来欢乐的、温暖的、安全的、可依的构架。它的形象藏匿于一部分人的记忆里。

麦秸垛彻底消失了，无迹可寻。

一座安静的场院显得空旷、寂寥。许多的鸽子、麻雀、鸡前来觅食。

脱粒机置放在场院一角，仿佛一位被冷落的佛像，多少有点儿不满的情绪，但更多的时候显出的是无奈与空洞。

很少有人再到这里来了。

炊　烟

我喜欢炊烟，喜欢炊烟升入天空时的潇洒、悠然。瓦蓝的天空，有那么一束洁白的炊烟挥洒着介入，那是一幅无名的天地大写意，我想任何一个知名的画家都无法做到的。

冬日的炊烟，像冬日的农人一样悠闲，它不急于升入天空。它缓慢、自在，好像漫无目的却内有主宰。好像毫无章法，却内有定律。有时像少女舞长袖，有时像小儿荡秋千。它真似一个顽童，在天空曼妙，曼妙成无数吉祥的云片，融入白云的白、蓝天的蓝。

朋友，看吧，一座安详的村庄刚从梦中醒来，黎明的晨曦扑在屋舍相连的庄园。一幅吉祥的图画，好似缺点儿什么的时候，突然，一缕炊烟升起来。它在有红晕的天空背景中慢慢升高。

村东的炊烟和村西的炊烟是血脉相连的亲戚，在半空里拥抱、攀谈。

炊烟是村庄的气象，看炊烟升起的脉象，可以觉察到村庄的健康状况。一座祥和的村庄，无论冬夏春秋，房顶升起的炊烟，都是淡淡的、袅袅的、蓝蓝的、干净的。让人一看就心底明净、神清气爽。这样的炊烟升起时从不匆忙，而是大方、美丽。像那个叫小芳的姑娘，既不扭捏，也不张狂。在缺乏时间刻度的时代，炊烟是时钟，它清晰、准时地召唤着田里劳作的父亲。

另外，看炊烟升起，就可以知道那家女人的秉性。一个急躁的女人，烧起的炊烟也是匆匆忙忙，好像心中有几百个事在心里堵着呢，仔细想想，农人过日子有什么着急的呢，你匆忙地过几天，以后还有数不清的日子在后边等着呢。有的女人心量宽广，一副泰然的表情，比男人还大度，遇事冷静。烧炊烟时，一点儿一点儿往灶洞攒柴，不猛烈。柴草燃烧得完全，没有生柴。饭熟，柴尽。干净、利索。让许多男人服劲儿。

漫长的雨季，炊烟并不急于升入天空，而是缓缓地向村庄蔓延，匍匐。让村庄里大街小巷弥漫着柴草淡淡的清香。弥补着被雨水冲淡的村庄里的特有的乡土气味。偶有微风吹起，这种淡淡的清香就会传播到田野里，让劳作的人精神一振。唤起心底深处埋藏的欲望。然后炊烟像一个美丽女人的衣袖，轻扫一下你的敏感部位，便拂袖而去。摇曳升入天空，还不忘回头一看。这时你的劳动充满了愉快和力量。

最壮观的炊烟是，几百条炊烟同时升起来，齐头并进，直上云霄。显示出村庄的雄性之美。这样的景象，比任何一幅山水画卷都优美。让你无法忘却。千百年来，炊烟不灭，村庄永在。那些羁旅的游人，无论行走了多么遥远，就是凭了那一缕炊烟辨认故乡的。炊烟连接着生命的血脉。只有从一缕炊烟打开记忆的闸门，进入脑海的枝枝叶叶才是真实的。我们孩童时的游戏，中年时的层出不穷的故事，都来自炊烟覆盖下的村庄。

我已经很多年没有见到炊烟升起了，现在人们都用上了电器。电器做饭快，省时、干净。但是，过去的那种慢生活我还是时常怀恋的。我觉得一座村庄如果没有炊烟升起，做陪衬，就不是一座完整的村庄。炊烟好比一个剧目中的戏眼，没有戏眼，人们就觉得无聊，看不下去。

炊烟像一个楔子，别进了我记忆的深处。

猪 蹄 灯

少年时代，我突然迷上了灯，并且学会了制作好几种灯。那个时期电很缺，学校的教室里根本没有电灯，上夜校都得自己带灯。深夜的教室里有各种各样的灯：罩子灯、煤油灯、白蜡灯、猪蹄灯，五花八门。煤油灯的样式多种多样，有用完墨水的墨水瓶，有盛阿司匹林的药瓶，有罐头瓶。燃的是洋油或者是柴油。一般都是洋油，一角七分钱一斤。燃柴油的多是那些父亲是队里的柴油机手的，趁天黑，他们的父亲装作无事似的大摇大摆地提一瓶队里的柴油回家，让人羡慕得要命，不花钱嘛！洋油灯好，灯光明亮不冒黑烟。我们家燃的是洋油灯，我清楚地记着，母亲时常给我钱让我到大队的小卖部去打油，钱只够买一斤的，站在柜台后面的售货员是一个上了年岁的脸很白净的老头，他跟村里的支书关系不错，因此他干上了这个美差。售货员站在柜台后很认真地数着我只有踮起脚尖才能递到他手中的硬币，然后很满意地把一只漏子插入瓶口，这样倒油时就很顺利。一斤洋油我们家能燃一个月的时间，冬天漫长的夜晚总有人到我家熬夜。

柴油灯则不然。点燃时，油烟冲天，而且伴随着灰烬落入人们的鼻孔，也不太明亮，图的是省钱。那些燃柴油灯的女学生，她们的头发往往被灯火烧得卷起来，脸也被熏得黑乎乎的。

洋油灯也是煤油灯，大多是找一个玻璃瓶子（那个年代找一个玻璃瓶子都很困难），于是很多人用盛过墨水的废瓶子来做灯。先在一块瓶口大小的圆铁皮上钻一个小眼儿，小眼儿里插一个薄铁皮卷成的细筒儿，几股母亲用来缀鞋用的棉线放在一起搓成捻，从铁筒儿里穿过，上面只留出一小截儿灯芯，继而往装满了煤油的墨水瓶里一戳，一盏煤油灯就做成了。煤油灯的火苗只有黄豆般大小，发出的也只是一片朦胧的光亮，就像罩着一层浓浓的雾气。

猪蹄灯是我和旦子的发明，就是用刚刚剥下的猪蹄壳，放上一些猪油，再放上一截儿灯芯就可，简单、方便、个别，也弄不到身上油渍，燃着时还不断地发出猪肉的香味，让人馋肉。

为了得到一个猪蹄壳，我们耐心地站在屠宰场的一侧，等待着屠猪的最后一道工序。屠夫用铁钩子用力地扒下猪蹄壳分发给我们，当然事情不是你想象的那样简单。屠夫是院里的一个大辈，总爱占我们的便宜，让我们小辈的叫他爹，屠夫拿着猪蹄壳，得意的样子，让我们无可奈何。我们总是怂恿旦子叫他个“爹”。旦子还小，而且诚实得要命。“爹”，旦子声音亮亮地叫着，屠夫得意忘形地将一把猪蹄壳送给旦子，然后再拉一刀子腥油——点猪蹄灯必不可少的燃料。然后我们便麻雀一般一哄而散，找一个避风的地方将一截儿麻绳放进去后点燃，小小的猪蹄灯就做成了，亮亮的火苗欢快地跳跃着，一如我们的心情。我们精神集中地注视着火光，仿佛上帝在里面居住，我们突然想到了许愿，我们默默地祈祷上帝保佑我们以后娶个好媳妇，过上好日子，有肉吃，玩得开心，不受人欺……我们一直玩到深夜还不回家，往往旦子他爹先找上门来，拉旦子回家睡觉，旦子叫屠夫“爹”的事，旦子他爹不知道。旦子走了，我们也失去了玩的兴趣，夜已经很深了，天上有的星星落了，凉气很重，我们也该回家了。

得到一次猪蹄灯是一件很不容易的事。只有过年队里才杀一头猪，一头猪全队社员平均分，分肉时人们围着屠夫水泄不通，眨巴着大眼睛谁也怕少分二两。猪肉好吃呀！少分二两就少吃两口，少吃两口你就得耐一年的口馋。有的人就因为少吃两口肉一年里干活不精神。一头猪从割头到上水锅到最后分割都被人们围着，看得死死的。队长可着嗓子骂人也不顶事。

制作一个猪蹄灯，可以用一两年，只要有猪油就行。每到漫长的冬季上夜校时我就是用这种灯照明的。那个年代电太缺了，没电了我们就燃起可爱的猪蹄灯照亮，看书学习。我在它的照耀下读完了小学、初中。知道了李白、杜甫、曹雪芹、罗贯中，还有莫泊桑、都德、卡夫卡、惠特曼、罗曼·罗兰、狄更斯、托尔斯泰、雅姆、米沃什等一大批世界级的文豪。并喜欢上了文学，走上了创作之路。

手捧着当年珍留下的一盏猪蹄灯，我微笑着摇着头……

烟　房

1974 年，我们生产队里突然建造了一座烟房，有三座平房摞起来那么高。有天窗，一侧还有烟洞。样式像俄罗斯民居尖顶小楼。由于它的奇特、怪异，从那路过的外村人都要伫立、观望，并诧异地追问，这是干什么的。我们队的社员无论谁都会表示出轻蔑傲慢的神态说，就这也不知道啊，太少见识了吧，烟房。追问者反复在嘴里咀嚼“烟房”俩字，不解地走开。

这是一个河南人出的主意，那个河南人不知怎么与到镇上买棉种的队长相遇了。河南人说，队长你们种烟叶吧。队长开始不解，后来那个河南人认真地说出了种烟叶收益高。队长信以为真，还领那个河南人进饭馆吃了二两小酒。队长从镇上带回那个河南人时，社员们还以为队长请来了县委书记（那个河南人穿一身中山装，因此产生误会）。

那正是春天播种的季节，我们队最好的土地种上了河南人带来的烟种子，紧接着盖烟房。河南人滔滔不绝地叙说着烟房的结构。队长被搞得莫名其妙，河南人就找了一张纸片，把烟房的样子画在了纸片上。队长张嘴就说，很像外国房子。

开始脱土坯，打坯是我们队社员的拿手活。三四架坯模子，啪啪地响。刚开春空气还不是很暖，二啦、三夫他们脱掉上衣，光着膀子干，额上的汗珠不断。太阳快落山时，四百多块土坯半圆形立了起来。黑褐色的土坯，新鲜、干净，我们都有挨着它们睡一晚上的想法。

一个星期以后，土坯被春天的微风吹干，可以任意搬动。于是就开始盖烟房，我们队的瓦工多，四楞、五秋他们都是盖房高手。其他人都是小工，搬坯、端泥。

那几天，我们队里停止了任何活，都集中到这里，人山人海，嘻嘻哈哈，打情骂俏。劳动之余，四楞也不忘摸一摸四丫的屁股，四丫是我们队最漂亮的媳妇，个子大，干活力气大得很，人人夸。由于辈分大，很多人都叫她婶子，都愿意靠近前摸一把，无论摸到她身上哪块肉也觉得舒服。有时四丫正忙着干活，腾不出手来，被人突然从背后抱住，就束手无策了。任人抚摸，四丫嘴也不闲着。四丫说，儿子，饿了吧，老娘给你喂奶。一旦得手，四丫就会抓住你的肉往死里拧，疼痛让你不得不松开。

又一个星期以后，烟房盖好了。外墙用麦秸泥抹了一遍，看不出坯缝，这样保暖。完工后，就撤了人马，让五秋在这里垒烟洞，烟洞应该在烟房的底部，烤火时，热量从烟洞散出来。火炉在中间，两旁是烟房，烟房前壁有一小门，可以弯着腰进去，进去以后里面漆黑一片，只有头顶的天窗亮，待一会儿你就有出来的想法。

烟房盖好后，就了却了队长一件心事，接下来就是侍弄烟苗。这时烟苗才长出地面，有半尺来高。

为了让烟苗营养齐全，那个河南人让人把队里的牛粪全部撒在了烟地。五月烟叶扇子大了，那个河南人就开始让我们撇烟叶，然后把烟叶拘在烟杆上，烟杆都是两米长的竹竿。拘满以后放进烟房，烟房早已布置好铁丝，把烟杆架在铁丝上就行。

烟房挂满了烟叶，就开始点火，五秋是副手，他配合那个河南人，队长也有让五秋偷学手艺的意思。

烧的都是块煤，火很猛，一下午烟房就向四周蔓延热量。若是在深秋，必有过路的生意人把秋风吹冷的身体在烟房墙面上贴一会儿，暖和暖和。我们那时就爱把手掌贴在墙面上。

三天以后，第一炉烟出炉了，全队社员都跑来看，没见过这阵势，队长抑制着兴奋，让五秋从烟房取一杆烟出来。五秋的脸上不知什么时候抹了一道煤黑，就像死刑犯面前的纸板上的×字，缺一笔。五秋拿一杆烟从烟房走出来，人们都震惊了，真好看，金黄金黄的，金黄的烟叶让人们忽略了五秋脸上的煤黑。队长不知什么时候，早准备好了烟票，让大伙都卷烟吸。有的人根本不会吸烟，也装模作样卷烟，不过卷出来的样子难看得很。人们大口大口地吸着，不会吸烟的人，从嘴里吸，从嘴里吐。烟不是很好吸，因为没有加工。燎嘴燎舌，有的人吸了几口就扔掉了。

整个秋天，烟房的烟洞冒着黑烟，一房又一房烟叶，被三夫的拖拉机送到了县外贸局。

烟烤完了，那个河南人说要回家看老婆孩子，队长给了那个人很多钱，意思想收买他的心，让他第二年还来烤烟，可是，那个人一去便无回。

第二年春天，队长依然让我们队最好的土地种烟，依然用上了牛粪，烟苗长得好极了，烟叶阔大，没有病斑。可是五秋没有掌握那个河南人的技术，烤得不是黑就是糊。队长皱着眉头，让五秋仔细想一想那个河南人的技术细节。五秋想了半天，第二炉烟依然不是黑就是糊。队长急了，大骂了五秋一顿，扬长而去。从此，我们队的烟房就不冒烟了。八十多亩地的烟就干在了地里。

许多年以后，那个烟房还矗立着，也没有人拆，烟房墙被雨水冲刷得落下了很深的痕迹，烟房近似古老。那个弯腰小门，依然站在那里等人们进。

可是谁没事进那里干什么。

石 磨

平常的时候，石磨被岁月和灰尘浸染得面目可憎。它们闲置在一块空地上，那种干巴巴甚至有点儿愚钝的样子，让你心生厌恶。你根本不愿意多看它一眼，就匆匆而过，飞跑在上学的路上。

春节即将来临石磨忙碌起来，被水浸泡过的发胀的豆子，装在水桶里排了长长一队。人们焦急地等待着，一头毛驴眼睛被麻袋片蒙住了，它拉着石磨的磨杆，在原地无休止地转动着。它的速度不因人们的焦躁而加快，它懂得最好的劳动方法，又不很累又不让主人感到厌烦。这样就巧妙地避免了鞭抽的疼痛。支撑石磨的是两根粗壮的笨槐，距离地面约二尺余，一口大锅就摆放在石磨的下面，那些经由石磨的豆浆不停地从磨旁滴落着，堆积在锅底。样子非常像洗衣粉泡，浓浓的，谁也不去打扰它们，让它们无限地堆积。石磨不停地转动着，发出石磨的声音，我喜欢听这种声音，静静地等待着声音的终止。外祖母能从声音中分辨填塞豆粒的时间。石磨上面放着一个烧制的琉璃瓦盆，盆内放着发胀的豆瓣和铝勺，瓦盆随石磨一起转动。

外祖母胸有成竹，每年过春节都是外祖母一手操办，别人不得插手，你只有等待吃嫩豆腐脑的份儿。如果天色很晚你的等待换来的就是呼噜声了。

当我们在一个炎热的星期天，偷偷翻开吻合的石磨的上半扇，才终于发现了秘密。均匀的沟槽，让石磨屈服于石匠的思维。沿着匀称的沟槽追问下去，由此我想到了第一台石磨的诞生，不知累死了多少石匠的终极渴望。我是一个无事生非的人，总爱在一件石具的疤痕上探寻人类生存的履历。

一则非常的故事在这样的时刻往往被人提起，已经是上辈人的故事了。年关的时候，大力刚娶了新媳妇，大力疼爱媳妇如手上的银针，生怕掉落在地上。他们两个用石磨磨豆腐，由于家穷没有毛驴，大力就用双手拉磨杆，媳妇填料。两人一唱一和幸福美满，像梁山伯与祝英台。可是祸从天降，日本鬼子进村了，枪声四起，子弹像雨点一样乱飞。大力怕伤着媳妇，急中生智，搬起上半块磨扇子压在媳妇身上，一袋烟过去了，枪声熄了，新媳妇也断了气。大力气得眼珠子都快蹦出来了，天刚黑，大力就举着磨扇子向敌人的炮楼摸去，大力要给媳妇报仇。鬼子不知怎么回事，两挺重机枪猛扫，子弹碰在石磨上发出当当的声音，却伤不着大力的一根汗毛。大力用石磨砸死了四五个鬼子，大力急红了眼，鬼子也给搞蒙了。鬼子不知怎样开枪了，后来一个鬼子从背后把大力用刺刀刺死了。人们为了纪念大力就把那块磨扇埋在了大力的坟前，好心的人每年用刚做好的还热着的豆腐祭奠大力。这个故事在我的家乡流传了很久。

捶布石

打我记事起，我家的腰墙后面，靠近门的一旁，就有一方青石捶布石。大约有二尺长，一尺五见方。中间略凸，表面光滑可爱。石的六德表现得充分无遗。细、结、润、腻、温、凝。这只是一块一般的青石，给人的感觉就这样丰富。

膀部有明显的雕凿的痕迹。由于雕凿得匀称，绝无粗糙之感。板石的底部略凹，这样板石的四只脚就稳固，使用起来没有摇晃之感。这也是石匠的匠心设计，给人移动的方便。

一方青青的板石，摆放在一座农家小院，没有一丝的累赘感，而显得随和、谐调和雅致。不是每户人家都有的，当你第一眼看到这样一件物什，你就会对这小院的主人有另一种看法。

没人使用的时候，板石给人一种孤寂感。与板石相匹配的是捶棒。捶棒是枣木做的，捶棒的枣红色油润可爱，捶棒的光滑更是让人爱不释手，握在手中有强烈的木质感。使用板石最多的是奶奶，在春季和秋季，我们时常听到的是奶奶有节奏的捶布的声音。不刺耳，不急躁，舒缓而浪漫。任何人听起来就提精神，给人一种祥和与熨帖。

我们盖的棉被和穿的衣服都是奶奶用捶棒捶过的。二奶奶和三奶奶经常来我家捶布，二奶奶来时，带着一块废布。用废布抹去板石上面的灰尘。一些多事的鸡，有时在上面拉下几粒屎，让二奶奶看着生气。二奶奶就骂不长眼的鸡，迟早要杀了你。我看着二奶奶气得眼珠子转来转去，心里就偷着笑。有一次二爷爷到沧州贩盐，一连几个月不回家，那天回家了，找到捶布的二奶奶张口就说，我那块肉硬了，你给捶捶吧。看得出二爷爷迫不及待的样子，二奶奶就故意急二爷爷，让你的盐给你捶吧。二爷爷见二奶奶故意气他，就猛喊一句，离开你这个臭鸡蛋就不做蛋糕了吗？二爷爷转身就走，二爷爷真的生气了。二奶奶站起来，哎哟！你狗东西胡说什么啊。抬手将捶棒投过去。二爷爷不防，一下子投在二爷爷的脚后跟上，二爷爷一栽趴在地上不动了。疼得叫起来，说伤了骨头。二奶奶没法只好把二爷爷背了回去。其实二爷爷根本没事，他是想与二奶奶办那事，装出来的。

这些东西都是几十年前的了，眼下已经很难寻觅了。就像奶奶那一茬子人，死得只剩下了二爷爷了。

我不知道人的生活中还需要那么多的石器，水是人类生命的必需品，还有阳光，但是有很多的石器陪伴在我们周围，帮助我们，给我们的生活提供了很多方便。

红　薯

那时候，麦子的产量只有亩产二百斤，如果再不调配粮食种植，我们恐怕就会饿死了，连一根手指也活不到今天。

于是，聪明的队长就决定种红薯，我们队沙滩地多，占种植面积的百分之六十。红薯产量高，多吃红薯可以节省麦子。可以让人感觉不饿，麦子只好安排在过年、过节的时候吃。

初冬，麦种撒进土地的时候，红薯就熟了，红薯的叶子被霜打过以后就黑了，就收缩了，露出攀爬土地纵横交错的蔓子，露出一堆一堆被红薯拱起的土坷垃。有的裂开一指宽的缝，沿缝望下去，你会看到红薯正在对你微笑，红薯在地下等待我们收获。

一天，队长终于下令，刨红薯，全队社员四五十人，除去饲养员全去收红薯。一些人先把如筋的红薯蔓扒去。一些人就在后面用三齿耙刨。刨红薯都是有经验的人。一三齿耙下去，既不能刨坏红薯，又不能丢落。那个劲儿要拿得稳，队长在后面检查。谁刨坏红薯多了，队长就喊，还要工分吗，是人干的活吗？不愿意刨回家领孩子去。谁也断不了刨坏一块红薯，刨坏一块小红薯，人们就不自觉地“哎呀”一声，又刨到红薯了，表示遗憾。刨到大红薯了就不敢言语了。悄悄地把刨坏的红薯从三齿上取下来，放到堆上，把伤着的地方压在下面，动作虽然灵巧，但还是被旁人看见，旁人知道了也不言语，只心里明白。只要队长没看见就行。队长看见了就会骂人，偷眼看一眼队长，队长在地头抽烟，刚才的这一幕队长没看见，然后若无其事地继续劳作。

直到天黑，人们累得筋疲力尽，腰酸腿疼。刚想坐下来休息一下，队长又喊起来，抓紧拾掇，今晚分红薯。会计早已拿着珠算、账本、杆秤等候在地头了。马灯也在那里放着。等天黑以后点燃，会计是脱产干部，不劳动，他的头发还抹着头油。

分红薯的方法与分小麦的方法一样，做纸球，拿球排号。这是会计与队长惯用的伎俩，奔着公平下来的。但是与分麦子有根本的区别，麦子粒一样大，迟分早分一样。红薯就不同了，地段强了红薯就大，地段弱了红薯就小。谁也希望自己家分到大块红薯，大的红薯一块有六七斤。

做纸球是会计的事，人们都在地里忙乎，他在地头慢慢腾腾地做纸球。纸球一般是三十七个，我们队三十七户，小纸条上面写上，1，2，3，4，5，6……团起来撒到地面上，然后队长下令："摸。"人们蜂拥而上，这个时候你就会看到人们的手全被红薯蔓的汁液染黑，这就是真正劳动的手，粗糙，没有雪花膏的味道。谁的脸上也挂着微笑，都希望摸到长得好的地段。球拿在手里，展开一看，拿到合适地段的人，脸上依然微笑，拿到不好地段的人，脸上立刻阴冷起来，显出无奈。

这个时候，队长是顾不上人情的，尽管他希望亲近的人拿到好的地块，可是这样分红薯的法子，小葱拌豆腐，一清二白。没法捣鬼。若是亲近的一连几次没有摸到好的地块，队长就捣鬼了。队长能得很，队长不能就当不了队长了。队长虽然已经白发了，对这事心记得牢。纸球还是那样摸法，摸了以后还要收回去，收回去的同时让会计写上名字，然后团起来放进口袋，队长一个人团，妙计就在这团上，亲近的人的纸球，队长团在手里不松开，一个劲儿地团，团得瓷实，小巧像黄豆。然后统一放到口袋里，摸一户分一户，全队社员都睁着眼睛，吧嗒，吧嗒，望着队长，不知队长搞啥名堂。也有知道秘密的，但不说。

一天的忙活，天说黑就黑了。马灯点燃，照着会计珠算。

一边照着秤杆上的黄星。捉杆秤的当然是队长，队长从口袋里摸一个纸球交给会计，会计展开算斤数。中间小文提着马灯来回走两端。我听到小文说，若是有两盏马灯就好了。队长立即反驳，废你妈的话，若是有两盏还用得着你吗?! 小文就龇着牙不言语，脸上还得赔着笑，小文叫队长叔，叔叔就是爹，在农村谁也懂这个理。

显然，亲近的人这次分的红薯强多了，亲近的人在灯影里看队长并偷着笑，队长装作没有看见，还是照常的表情。

原来队长把亲近的人的纸球团小了，就把它沉在口袋底，到了长得强的地方时，就把它摸出来。这不比大海捞针。这一招一般社员谁也想不到，还以为人家亲近的人该着分得好。

天上的星星稀疏了，也起风了，人们一天加半夜的劳动都疲倦了，谁也不愿意讲话，没有了激情，就默默地干活，只听见装红薯倒红薯的声音在黑夜的大地上，咕咚，咕咚响着。有的人张开大嘴巴打哈欠。马灯也像疲倦了，小文提着灯来回走着，有几只不怕冷的小虫跟着它飞来飞去。

天快明的时候，终于分起了。人们用人力车往家拉。大人孩子一起上，孩子们一直坐在地头上等着，有的已经睡着了。

这个时候谁也不瞌睡了，精神得很，都急着早一点儿运完。有的人家人多，分得多运四五趟，没人力车的人家用肩膀扛，让别人捎。人力车在漆黑的夜里撞在一起发出“哐”的声音。红薯拉完以后，大地就沉静了。一个人也没有了，大伙都急着补觉去了。但是在晨曦的微光里确实有一个人在红薯地里捡拾遗漏的红薯，他是二木，他家孩子多，孩子小，干活的少，工分少，分的红薯就少，这是没办法的事。二木就钻空子，看看有没有丢落下的红薯，好歹捡几块，好几天饿不着。每年分红薯，二木都能捡一筐红薯，这事二木从来没有给别人说过。

红薯运回去之后，还要放进地窖储藏。冬天冷，容易冻坏，把红薯放进地窖，盖上豆叶，地窖口再扣上一口废锅，保温。上面吃完了，就让孩子下去掏，孩子小，方便。孩子也愿意干这种不常干的事。

红薯是一年的口粮，吃红薯时人们都把红薯皮吃掉了。

春　天

“立春”这天，只是上天栽下的一个界碑。也是上天送给了人们一颗希望的种子，埋在了心灵的土壤。没有希望的人是死尸，对希望没有信心的人是行尸走肉。

立春以后，春的气息开始蔓延，是缓慢的，是浸染的。春还要核对万物自设的密码，密码打开以后，还要进行匹配。不是每个人每个物，都能接受春天的气息。因此，春是缓慢的，正确的，无一遗漏的。那些生如死灰之物，春只是擦肩而过。

当春的气息蔓延和浸染了万物。“惊蛰”这天，大地之神“咔嚓”一声撬开了寒冬的最后一息寒冷。那一声来得那么干脆、直接，让热爱春天的人痛快淋漓。但是那一声又没有具体的方位，你也绝对听不到第二声。那简直是一声号角，万物开始启程，抛掉旧的杂念，轻装走上旅途。

迎接春天，我的一首诗是这样写的，来表达我热爱春天的心情。《迎接春天》：我们全家忙碌起来/母亲把父亲的药罐藏在后院/把父亲的旧棉袄放在坐柜里/妹妹把院子扫了三遍/我又让她把村里所有叫桃花的姑娘/喊到街上/我一直在马棚/反复擦拭马的鬃毛/又把马车检查了一遍/我还打算把舅舅的马牵过来/妹妹不知什么时间/已把一朵塑料花戴在了头上/妹妹的头发秀丽/戴什么花都好看/母亲一直在厨房忙碌/擦拭、清扫/那箱早已准备好的炊烟/是母亲的得意之作/最后，父亲让我把灯笼挂在门前/这事，若不是父亲提醒就忘了/我还准备了一首最漂亮的诗歌/我们等了一上午不见春天的影子/母亲说，春天可能是让小雪花带路的。

率先而行的是草木，站在村庄的边沿，我遥看到了绿色。那是春的先头兵，择处而居，而当我走到近前却一无所获。我当即想到了唐代诗人韩愈的诗句："天街小雨润如酥，草色遥看近却无。"诗句不但意境美好，蕴含的哲理更是耐人寻味。

乍暖还寒的时候，饱受严冬寒凛的万物，对温暖极其渴望，憧憬着春天的艳丽美好。随着细雨如酥，报春使者小草应运而生，悄悄冒出一根根鲜嫩的芽尖，隐隐约约的点点新绿汇成了绿色的希望，点缀着枯黄的大地。

小草摇响了春天的铜铃，惊醒了还在沉睡的事物，那些懒惰之物，有时还发几句牢骚。村庄一下子脱去了冬天的旧衣，换上了崭新的戎装。鸟儿迅猛地飞舞着，把春的信息播报。大地笼罩在明媚的春光里，温暖的大地，和平的国土，在这阳光充足的土壤上，我看到万物的喜悦，它们把生命的幸福悄悄掩藏在微笑里。

朋友们，热爱我们的祖国吧！我们有一个安宁的和谐的大家庭，我们没有遭受强虏的蹂躏，我们祖国仗义、坦荡、虚怀若谷。尽管我们的祖国有过屈辱的过去，有贫穷和灾荒、混乱和仇杀、饥饿和寒冷、疾病和瘟疫、迷信和愚昧，但都被我们祖国的勇士用热血擦洗。那些爱国志士，把一生的信念建立在了中国共产党的基石上，为了祖国的和平、富强，不受外来欺凌，抛头颅洒热血。这是怎样的人格啊，难道不值得我们这些后生敬仰吗？让我们再读一读我最尊敬的方志敏烈士的遗言吧："为着阶级和民族的解放，为着党的事业的成功，我毫不稀罕那华丽的大厦，却宁愿居住在卑陋潮湿的茅棚；不稀罕美味的西餐大菜，宁愿吞嚼刺口的苞粟和菜根；不稀罕舒服柔软的钢丝床，宁愿睡在猪栏狗窠似的住所……我能舍弃一切，但是不能舍弃党，舍弃阶级，舍弃革命事业。"这样高尚的情操，出自心灵的话语，朴素而含有真理，难道不震撼我们久已懒惰的心灵吗？

朋友们，在我们这个温暖的、自由的国度，珍惜时间，奋力创造吧！为了祖国的更加繁荣、昌盛。

世界上所有受难而无望的人，抬起头颅感受一下春天的温暖吧。

我爱我的祖国，我爱温暖的春天。

北　风

在深秋的某个下午，北风会突然吹来。这时候，大地基本上被勤劳的农民收拾干净了。只有极少数人没有把自己的庄稼收拾完。这些人是懒散人，跟不上季节的步伐，有时怀疑自然的准确性。

北风是毫不留情的家伙，不管你辛苦了一年的收成是否全部运回家里。它像扫帚一样清扫着大地，清扫着大地上的所有事物，好像为一个很大的神开路。北风固执的面孔不容任何人辩解，你只能站在原地，看着你的事物，从你手中挣脱而后在风中远去。这是毫无办法的事。唯一的办法就是，在北风来临之际，把你的事物安排好，把庄稼运回家。人的秉性不同，有的人勤劳，吃一次亏就会注意起来，长一次记性。有的人懒惰，总以为北风不会那么及时到来。北风最可恨那些瞧不起它的人，每次经过他们时就非常猛烈。

舅舅是很勤劳的一个人，他非常不愿意北风把他一年的劳动成果吹跑，每到收获季节，就不分昼夜，把两只眼睛熬得通红。北风经过他时，没有可拿的东西，就走了。

村庄里很多人不知道北风从哪里来，只知道从北面那个村庄吹来。因为风中有那个村庄里的马粪味，还有火炕的烟火味道，有时把那个村庄里人的情书吹到了我们村里被树枝挡住了。村庄里有几个光棍儿，这是他们每年盼望的事情，一眼看到树枝上面飞扬的情书，就情不自禁坏笑起来，不管手里的活怎样繁忙，不顾危险爬到树上摘取人家的情书，聚精会神地看起来，一边看一边窃笑，有时看着看着裤裆里凸起一块子。这时如果有人突然闯进院来，那个看情书的人非常脸红。有时在摘取情书的时候被风吹到地上，那是很惨的。

北风一遍一遍吹来，把我们村庄里没有压实的事物吹得啪嗒啪嗒响。有时把一个铁门吹得关上，打开。打开又关上。有很多人怒骂北风，把自己经常使用的一件东西拿走了。村庄里的树叶都被北风吹落了，然后又跟着风走了。村子北面的土吹到了村子南面，村子北面留下的坑又被北面村庄里的土填平。所以，我经常认为，面对强大的自然，所有的事物都是公共的。你的钱财也是公共的，虽然你现在有几个钱装在口袋里，但是那都是暂时的。

北风吹着时，整个村子陷入了风中，灰尘光顾每一座农院，搞得昏天暗地。把窗纸吹得吱吱响，把吃草的羊吹得羊毛翻卷。那些鸡被吹得露出了肛门。把炊烟吹得紧贴着烟囱向南而飞。一些人在风中堵着北窗。如果恰好你拉着一车豆子或玉米往村庄的方向走，那算你倒霉了，你的衣服全部被吹得向后，你的头发早被吹乱了。你非常吃力地向前走，走半步退一步。最后你干脆就放弃了车，一个走回了村庄，待北风停息了，你去拉停在路上的车，却发现它倒退了半里地。

所以，在北风赶来之前，有很多事情要做。把当泥筋用的麦秸用旧檩条压起来。把羊吃的草用石头压起来。把蔬菜放进地窖。把农具放进屋里。你平时走到一个农家的屋里看见堆得满满的农具就是这样的缘故。一个过日子的人，在远离村庄千里之外的地方打工，由于离家时匆忙，很多东西没有压好，就被风吹没了。

我是一个理解北风的人，是北风告诉我们季节的更替。是北风将那些陈旧的东西吹走了，迫使我们创造新的东西。

每到北风来临的时候，我就会像舅舅那样把我的东西用北风吹不动的东西压起来。一年又一年，我循环使用着那些陈旧的东西，后来我发现我变得懒惰了。

玉　米

玉米一直跟着我们走，跟着一座村庄走。

开始玉米跟着祖父走，祖父实在走不动了，祖父就指派玉米跟着父亲走，父亲是一个不愿走路的人，在 1960 年就停止了行走。现在，玉米就跟着我走。

我喜欢玉米，玉米具有雄性的威武与壮观，一千多亩地正在生长的玉米，朝气、憨实、说一不二，根紧紧抓住脚下的土地，头颅箭一样射向蓝天。既像威武雄壮的士兵，又像坚固雄厚的围墙，包围着我们生命的村庄。

一座村庄如果没有玉米，迟早会夭折。一座只有麦子的村庄迟早会萎缩。

一棵玉米生长时，他的呼吸，关节，以及他伸展的叶子，甚至他的一声咳嗽，都具有雄性的壮美。即使他在晚年都保持了年轻时的耿直，他绝不囫囵地度过一生，在有限的生命里，风总是一点儿一点儿拿去他的生命，他绝不会像草叶一样自暴自弃，直到生命在阳光里发出最后一丝叹息。

一棵玉米的生长不是一帆风顺的，在幼芽的时期就被无数的虫子拦截。那些狠毒的虫子，它们一直想替代玉米的位置，一直想做一片土地的霸主。

那些没有坏意的风，故意给玉米幼小的躯体施加压力，以便他们在以后的道路上行走得快乐。

雨滴不断地敲打着玉米稚嫩的叶子，冰雹在寻找机会。

一棵玉米生长的苦，只有玉米知道。

终于长成了小伙子，在我们村庄肥沃的田野里，终于唱出了心灵的歌。饱满、丰实，蕴含着不可估量的力。

村庄骄傲了，就像一位含辛茹苦的老父亲，终于把自己的儿子辛苦养大了，脸上露出了欣慰的笑容。这是生命的根，是生命顽强的延续，是一个濒危生命对年轻生命的依托。无论走到哪里村庄都是底气十足的。

整个平原被玉米占领着，无论那些心怀恶意的风从哪里而来，都被玉米挡住。是玉米挡住了风，一座村庄才没有被风吹走，就连一片瓦也没有丢失。

玉米对一座村庄是有恩的，玉米对我们是有恩的。

我大爷是喜欢玉米的，没事的时候，就在玉米的身旁转悠，有时手扶一棵玉米，不停地说，呀！就是他们，就是他们一辈一辈地让我们活着。我看出了我大爷的感激，他虽然没有说出书面上的语言赞美玉米，但他脸上表现出的欣慰，告诉我，在这个世界上再也没有其他的事物能使他这样感恩，他一直对粮食充满了敬爱。他不允许任何人糟蹋粮食，如果村庄里一个人无意损坏了庄稼，我大爷就会找到人家，当着人家的面呵斥，让对方面红耳赤，无地自容，最后给我大爷点头哈腰赔不是。

我们村庄的人都是爱惜庄稼的，爱惜粮食的，知道粮食来之不易，都是自己的汗水。看到虫子吃庄稼，掐死。看到兔子吃庄稼，追赶，追不上也得臭骂一顿。看到麻雀糟蹋粮食，找来猎枪，崩。

现在我看到，很多年轻人不爱惜粮食，不入口了，扔。不对味了，扔。我知道这是他们没有种过庄稼的缘由。他们迟早会后悔的，他们迟早会重新返回村庄的。

我最爱听，风经过玉米叶子时发出的哗哗声，那是玉米的语言，是玉米与风交谈。玉米在说，老伙计很久不见，到哪里散心去了。玉米知道风，风流。就故意戏弄它。风却说，你看你们死心眼儿，站在一个地方不动，一生的时光有限何不逍遥逍遥。玉米讨厌风不守岗位，大地找的时候，不在身边。玉米一生忠于职责，无论何时唤一声，玉米都在身边。所以说只要玉米在你就没有过不去的坎。

月光下的玉米地是另一番景象，明亮的月光从天空洒下来，洒在玉米的头顶，一部分月光穿过玉米叶子漏在了土地上。你不是路过，你是专程来这里看玉米的，年龄大了，睡眠少了。躺着也是干消耗时间，于是你起床，披上褂子，慢慢来到玉米地里。这样的情景不止一次了，每年你都看两次月光下的玉米地，你心里觉得舒坦。尽管那些玉米不如白天分明，一片轻雾笼罩着整个玉米地，可是你就从这片朦胧中感觉到，哪棵玉米睡着了，哪棵玉米还醒着，哪棵玉米做梦了，哪棵玉米在梦里走远了。有时两棵玉米实在不困了，就说起话来，悄悄地说，像两个妇女拉家常。有时故意似的不说话，谁也不说，整个平原一片安宁。只有月光安静地照着，这时风实在沉不住气了，就摇动玉米。并说，醒醒，醒醒。下雨了。玉米们“扑哧”一声笑了，其实他们根本没有睡着，他们只是怀着一颗童心游戏呢。

现在玉米正在蓬勃地生长着，我能做的就是，一棵玉米摔倒了就把他扶起来，让他重新上路。其实玉米曾不止一次地把我们从大地上扶起来，把一座村庄从大地上扶起来。最严重的一次是 1960 年，那一年我们村庄的很多人都不想往前走了。他们都失去了信心，坐在了地上，有的躺在了地上，有的永久睡着了，有的想爬再也爬不起来了。那一年我们村庄失望得也不想站着了，也想躺下来。最后是玉米把我们扶起来了，挽救了我们。让我们重新生活过日子，我们才有了今天，我们村庄才饱满起来。我们对玉米的恩一直埋在胸怀。

玉米的天性是宁折不弯，他绝不向任何丑类弯下屈辱的头颅。宁可焚身，宁可碎骨，也要保持住心灵的干净。

我看到过这样一处惨景，开发商为了自己的私欲，把正在生长的玉米，用铲车不停地在上面碾来碾去。那些玉米都流血了，他们的骨质交错，血肉混迹。让我们目不忍睹，我大爷疯了，我大爷实在没有办法了，就躺在地上与玉米一起被铲车碾碎了……

我是一个缺心眼儿的人，只知道爱玉米，不知道玉米还蕴含着另一种力量。那是秋后的一天，妻子回家拿镰刀，我等着妻子，我们要把秋天的玉米收回家。王二走过来，我很早就看不起王二，他不爱劳动，好吃懒做。王二站在我面前，指着一根玉米秆说，你不要看不起他，你不要以为把他的果实取走了，他就两手空空。王二越说声音越大，你不要以为一把火就把他烧光了，他就不存在了。王二很稳地走到一根玉米秆前，把两片玉米叶子麻利地扯下来，然后往自己的脖子上一套就用力勒起来。王二接着说（但他的眼珠已凸出来），明白了吗？我说明白了，明白了。从此我对玉米有了新的理解。

朋友，认识一棵玉米了吗？了解一棵玉米吧，记住一棵玉米吧，记住了一棵玉米就是记住了一座村庄，也许你就出生在有玉米的那个村庄里，你的父母也许还健在，他们就在一棵玉米旁劳作，他们劳动时不时地想起你，时常把你看成一棵玉米，抚摸你、叮嘱你，祝福你在远离家乡的地方生活幸福。

朋友，记住一棵玉米，遥望一棵玉米，一生你都不会吃亏。

打 麦 机

打麦机很早就出现了，打麦机的悄然出现，的确给我们这些未见过世面的乡村孩子带来了新鲜和刺激。它的庞大的躯壳是用黑铁铸成，它的转动轴长满了尖尖的牙齿，我们简直不知道麦子从何而进从何而出，它的网状的托底匀称而规则，使人觉得美观和舒服。我们抚摸着它被阳光灼热的躯体，遐想无边。至少我们可以不跟随着大人们拉碌碡，农民们的每一项劳动都是非常艰辛的，疲倦和劳累让我们厌恶劳动。麦子小山似的堆满场院，没有其他的先进方法，只能用碌碡碾压，一天又一天，一夜又一夜，好多的人过完一个夏天就掉下去二斤肉。人们有苦说不出，牛一样度着乡村的日子。打麦机出现以后，碌碡就自觉地退避三舍。

一架打麦机在场院，人们很远就能看见，它的反光与其他的物体不同，村外的人觉得好奇，就奔过来观看，手摸，我们的内心就觉得得意、兴奋。毫无道理地讲解着它怎样脱掉夹裹在麦粒中的籽粒。它让我们整整兴奋了一个星期，耽误了好几天的课程。好多人对一架打麦机的劳动充满了传奇似的猜想。好像它就是一颗无坚不摧的炮弹，能给乡村笨重的农业带来好运。人们无数次地猜想，究竟谁这么有眼力，它的发明者究竟是怎样一位好学的年轻人。猜想让我们占去了好多正式的劳动时间，队长不止一次地吆喝、臭骂，装他娘的傻，脑子上姥姥家门上了，人们一怔，精神重又回到劳动上。

一架打麦机在场院，清闲的时候显得孤单，毫无着落，远远看去像一堆无聊的粪肥，无人问津。它占据着场院的一角，锈色在悄悄侵蚀着它，没有人对它感兴趣，显得极笨重和傻。这样它劳动的时候也不显得利索，而是发出生硬的隆隆声。灰尘包裹着它，人们很远就能听到它在笨拙地劳动。它锋利的牙齿，喜欢姑娘的长辫子和人们的手指，稍不注意就会被吃进它饥饿的大肚子。一位下乡的知识青年因喜欢它的笨拙才悄然靠近它，然而却被它揪光了头发，并把姑娘吓得失血，人们不知所措，全都目瞪口呆。

一架打麦机足有六七百斤重，移动的时候，很不方便，得有七八个身强力壮的汉子和一驾坚固的马车，绝对不允许其中一个人有非分之念。你若像平时一样耍小聪明，想省掉一些力气，绝对错误。每次移动都会闹出笑话，头被碰了，衣服挂破了，手腕被扭了一下，肿胀起来，一个脚指甲不注意被绊掉了，疼痛让你恨不起来。

每年打麦，我都爱看老瞪的脸，他没有媳妇，人实在，打麦子的时候都是他坐在打麦机的头上往里面搡麦个子，搡麦个子是要一点儿技术的，不多不少，多了就会卡住或者说噎住，少了就会做活儿少白费工夫。这个差事很多人不愿意干，危险、脏。老瞪好像不知道危险，他一干起来就是一场麦子，有善良的人心疼老瞪，不时换一下老瞪，可老瞪休息没有几分钟就又上去了。好像这场麦子必须有他打完才算过了一个真正的麦季。一场麦子打完，队长就偷着笑，你就不会看见老瞪的脸，脸上沾着很厚的灰尘，那样的灰尘只有在麦场上出现，老瞪眼睛傻愣愣地转动，眼白被灰尘衬得非常白。若是平常突然出现在人面前，准吓一跳。这样脏的活儿，老瞪干起来毫无怨言，我打心眼儿里对他有一点儿尊重。

打麦子不是好活儿，得没白天黑夜地干，怕天下雨，一到打麦时节队长就黑着脸看谁偷懒，一会儿骂这个一句，一会儿骂那个一言。后半夜人们就显得松散，疲倦、怠工。这时队长看见了就跟地主一样吼叫起来，给你个小鞋穿。

一架打麦机消失了，人们谁也不愿意再提起，因为它给人们带来了不快。它的黑灰色像一团凝雾一样遮住了人们的眼睛。一架无人认领的打麦机至今沉睡在废弃的场院。岁月让它变小、变瘦，只剩下筋骨，不再显得锋利和霸气。人们感到舒了一口气一样轻松。那个时代永远不会再来。

灰　界

“灰界”，也可以说成“界边”，但在乡下，很少说成“边界”。“边界”的词义太广了，提及往往让人想到“珍宝岛自卫反击战”。“界边”是一个不常用的名词，只有双方形成对峙状态时，它才不断地被提起。

这精巧的不太费事的小东西，能冲淡双方激烈的矛盾，甚至化敌为友。它只占一根大葱的位置，绝不给人们的生活带来不便，它只在人们的生活线以下呈现，但大多时候保持沉默、冷静，坚持“灰界”本身的意义。

我是在十一二岁的时候认识它的，它就存在于我们日子的窄缝中，从不叫嚣，保持旁观的态度。

那是实行土地分产到户的时候，外祖父让我找出我家盖房子时剩下的白灰，然后又找出锤子，最后他从门后的旮旯里找出捅火炉用的铁火棍。他向田野走去，我提着足有三斤重的白灰粉，屁颠屁颠跟在他身后。对这次行动的目的，我一无所知，只感觉有些神秘。来到刚分到手的土地，邻居张猴早已在此等候。

张猴张口便问，家伙儿全否？外祖父干脆地说，全了，开始吧。

原来张猴一直在这里守候着被队长用半截儿木棍划开的印痕。说明白点儿，这就是我们两家永远的地界。张猴怕被风吹没，或者被多事的兔子扰乱，一直在这里等外祖父从家赶来。

外祖父瞥一眼划痕，觉得没有丝毫的变动，便弯下腰将铁火棍的尖处放在划痕处，又张口问张猴，这里行吗？其实打在这里最合适不过了，外祖父只是出于礼貌，也是让对方心情放松，没有什么情感压抑。

张猴连声说，行行行。

外祖父将锤子用力地抡起来，很精准地砸在铁火棍的顶上。

这时，张猴很活泛地说，其实咱们兄弟做邻居几十年了，跟一家人一样，从来没有红过脸，都是情理人家，都是仁义人，弄这个“灰界”根本没什么必要。就怕晚辈不知道咱们的交情，咱们这么做也是避免他们争执，让他们也团结如一家人。

外祖父一直没有吭声，外祖父最清楚张猴的为人，爱占小便宜，嘴上说一套，背后做一套，把一分钱看得碾盘大。外祖母养的鸡一跑到他家就被他宰了，拔毛吃掉。

铁火棍被砸下去三分之二，也就是三四十厘米深了，张猴催促着外祖父，行了，行了，没必要那么认真。外祖父停止了敲打，铁火棍已实实在那里不动了，铁火棍完全误解了外祖父的意思。

铁火棍一直认为让它竖在这里，其实是让它制造一个完全与它一样的替身。外祖父用宽大的手掌紧紧攥住它裸露的部分，用力摇晃，它纹丝不动。这时外祖父重新操起锤子，向左、向右撞击它，让它松懈。连续的撞击下，铁火棍终于动摇了，很消极的样子。外祖父趁机将它拔出，留下了与它完全一样的形体。张猴细细望了一眼那个与铁火棍一样粗的洞，没有说什么。

这时，外祖父接过我一直提着的灰袋，打开，缓缓将白灰面注进去。我立刻闻到了生石灰的味道。不一会儿就塞满了那个小洞。外祖父又用棍子压了压灰面，直到它完全踏实、饱满才满意。这时张猴又开口了。

张猴说，老哥，干吗那么认真，显得咱哥儿俩多么薄气。外祖父还是一言不发，“灰界”就这样完成，简单却意义非凡。它像一双隐入地下的手，永远张开着，但随时也可能紧闭；它又像一条纽带让两家人彻底地友好下去。一旦为地边地角发生误会产生不愉快，“灰界”就清晰地呈现在眼前，一分为二地说明着一切，让误会顿时消散。而后“灰界”又重新隐入泥土，不言不语保持永远一清二白的特别功效。

我对此一下子发生了兴趣，简单的几件工具就创造了如此奇迹。我试着在无用的地方创造了好几个“灰界”。多年以后我掘开，发现它们完好如初，根本没有改变一丝初衷。它们鲜亮、分明地与土色区别开，让你一眼看到它时，惊奇、兴奋，并由衷地佩服。

我又重新把它们覆盖，等待时间把它们完全忽略，或者有个不一样的结果。

我感谢祖先创造的这种奇迹，简单、小气，但永久存在，能化解“疙瘩”。

布 袋

布袋是棉花做的，棉花纺成线，用织布机织成布，然后把宽约二十八厘米的四条布面缝合在一起，就是布袋。但实际操作起来没有那么容易。

棉花纺成线也得熬几个日夜，一条布袋重达五六斤，一个好的纺织女人也得熬两个日夜。昏暗的煤油灯下，女人疲倦地转动着纺车，纺车发出嗡嗡的声音，女人的头发、眉毛沾满了飞舞的棉尘。为了过好日子，女人坚持着。睡意不断地袭来，女人坚持不住了，眼睛合上了，男人就适时地惊醒。男人在织机旁努力编织着。完全是手工的，一百八十股挂面一样粗的棉线沿着墙壁绕成一个大的圈，分成上下两层，中间用一条厚的木条隔开，男人在一头坐着，从缝隙中穿纬，不停地穿来穿去，直到一条布袋的布料完成，才喘息一下。男人同样在昏暗的煤油灯下劳作，看不清他的面目，只觉得瘦小。几年了，他们还没有后代，但对生活仍然没有放弃希望。于是，白天参加生产队的劳动，晚上织布袋。

织布袋是男人祖上留下的手艺，不愿意丢了，男人就继承了下来，但这是一件苦手艺。虽苦，却能赚取到生活中的油盐酱醋。女人也习惯了这种苦里所含的甜，于是，两个人女纺男织，配合得恰到好处。由于相互理解，也就相互恩爱，两人从不吵嘴，安顺地过着日子。不知为什么就没有后代，也不知是男人的原因还是女人的缘故，又没有一个医生指点，就随了命运，不敢强求。

布面织成以后，还要联结，四条一米一长的布面联结起来才叫布袋。联结的过程也是苦的，用一根竹子粗的铁弯针引着谷子粗的棉绳一针一针缀起来。底角的工艺更复杂。底角是用棉绳钩成的，那是艺术的编织，我无法用语言形容，看起来非常美观大方。袋口处，袋沿折回一厘米，然后又用棉线缀起来，针脚稀疏，不像底边紧凑、细密。在袋口靠近右侧的联结处安放着一个小环，黄豆粗，用来系一条捆绑袋口的绳子，方便又不显得累赘。

一条布袋完成之后，交到顾客手里。顾客接过布袋，用力摸着，布袋无与伦比的结实，让顾客心里完全满意。顾客一边掏钱，一边笑着戏问，能用多久？瘦小的男人随即大声回答，一辈子，只要不让耗子咬、雨水淋。顾客更加高兴，折叠好干净的布袋，用干净的包袱包裹了，有一种自己又添了一件新家什的欣喜。一共是五条，顾客家的人多，分的粮食多。交易完成之后顾客就要启程，看了一眼门外的黑天，随口说了一句，打扰了。然后一用力将包袱背在身上，走进夜里，瘦男人随即在背后喊出一句，路上小心。说完，瘦男人心里满足了一下，又投入下一条布袋的工序。

布袋完全是棉花做成的，搁现在谁肯呢，那么金贵，人都用不上。现在的衣服都是化纤的——化学衣服。也不知穿在身上时间长了有没有危害。

布袋可以盛装生活中的任何东西，只要你觉得可以用布袋装。它可以把你要储存的东西结结实实地保护好，只要你把它放在耗子啃不到的地方，它的结实抵不住耗子锋利的牙齿。它条形的形状，拿动起来方便，比麻袋好。麻袋适合背，一麻袋麦子或大米容易把人的力气用绝。因此，老百姓大都喜欢布袋，布袋有贴心的感觉。它永远不会背弃你，永远忠实于你的日子，有时会帮你迈过生活里的那道坎。

我清楚地记着，十一二岁上，跟着外祖父到镇上的一个手艺人家送棉线加工织布袋的情景。我们选择了一个晴日的中午，外祖父用包袱背着外祖母不知熬了几个日夜纺好的棉线，我跟在外祖父身后屁颠屁颠地走着，漫长的道路让我感到疲惫，广阔田野上突然跃起的风吹着我们的衣服，有时阳光折射的角度，使我被埋在外祖父巨大的背影里。我一路上想的是镇上那家烧饼店的烧饼。到了以后，外祖父把棉线交给同样瘦小的手艺人，我听到手艺人说，十天以后来拿。而后外祖父转过身拉着我向烧饼店走去，不巧烧饼店没有开门，外祖父为了不让我失落，给我买了一串山里红。

十天以后，外祖父也是在一个晚上取回了三条崭新的布袋。我看着外祖父把裹着布袋的包袱平放在我家的土炕上，摊开，三条叠得整整齐齐的布袋露了出来，外祖母从厨房走过来抚摸了一把，说，织得挺好。

果子，你也是识字的人了（那时我上三年级），在布袋上写上我的名字，这样不容易丢掉。外祖父说。我从蓝布书包里拿出夹在书本之间的圆珠笔，在布袋的上半部分郑重地写上外祖父的名字，强成和。因圆珠笔的笔画太细，我反复描了好几遍。

队里分东西时，我就很兴奋地拿上我家的新布袋。而有的人家连一条布袋也没有。他们只能用包袱，包袱扁大以及它不易背在身上的笨拙我们是知道的。那些没有布袋的人家就羡慕我们。二喜是我的同学，他指着我怀里的布袋，告诉他爹，看，果子他们家的新布袋。他爹看一眼，走到我面前摸了一下，脸上也是羡慕的表情。然后问外祖父多少钱一条，外祖父告诉他以后，他一脸的无可奈何。这几年，二喜他爹得了一次盲肠炎，差点儿要了命，把家里的钱花光了，又借了一屁股债，哪里有闲钱置办新家什。

布袋的高度恰好在大人的腰部，装东西时双手攥住口袋的两个角，腹部贴着布袋向上用力，那是非常过瘾的感觉，那是一种恰到好处的重的感觉，也是一种富有的感觉。一袋麦子或一袋红薯足有一百多斤重，装满了，由于我的力量不足，都是外祖父一个人抱到人力车上。放手时，不可控制的重力猛击车底，发出沉重的“砰”的一声，而后这种整体的重力迅速扩散到小拉车的任何部位。

当时我的本事是两手攥紧小拉车的双把，迅速扩散的重立即让我有了牵制它的力量，我的力量就是保持小拉车的平衡。一袋、两袋、三袋。扩散的重力加大，我的力量也随之猛增，达到了极限。然后，外祖父很熟练地用绳子把布袋与车体捆绑好，我把控制平衡的力量移交给外祖父，我们就沿着田野的道路往村庄的方向用力地走去。

二喜他们家借用过我们家的布袋。队里分东西时，二喜父子两个帮我们先运回家，等把东西倒出来之后，外祖父就把空布袋给二喜他们家用。有一次我们家的布袋被二喜他们家的耗子咬了三个大洞，虽然他们家穷，但耗子特别多。耗子都是在他们家居住，在别人家偷东西，二喜与他爹都能容忍耗子在他们家乱叫、乱窜。有时耗子偷来的东西吃不清，他们也掺和着吃。

布袋被耗子咬了洞以后，他们家再也没有向我们家借用过。

外祖母在昏暗的油灯下，用针线一针一针将耗子咬破的地方缝起来。从此我们家的布袋又多了一处容易辨认的痕迹。

现在那些家织布口袋已经彻底消失了，取而代之的是一些化学编织袋。装过化肥，装过饲料，装过商品，装过机器部件。作为农业大国的农民们收获的粮食从来没有专用的粮袋，都是顶替货色。而农民们使用那些化学编织袋时所产生的不愉快情感，随着时间的推移，社会的急速发展，慢慢消失了。他们变得随和，无所谓。农民们最不会较真，最容易受到捉弄。

只有一少部分经历过饥饿的贫穷老人，珍藏着旧家什——布袋。他们对这种陪伴了自己半个世纪的物件，产生了无法替代的情感，他们不愿意一下子就把它们扔掉。于是，在一些闲暇时间里，把它们认真地折叠整齐，放到一个偏僻的角落。等到有朝一日把它们取出来，继续使用。可是源源不断的化学物品的到来，使布袋永远没有了复活之日。它们沉淀在时间的河流里，颓废、沮丧，放弃了自己的意志。最后终于彻底失望，随波逐流，任时间把它们打发到任何一个垃圾场。

小辈的人们几乎不知道布袋是怎样一种形状，怎样一种构成，更不知道织造它的过程，以及织造者的辛劳。匆忙的现实，不允许他们沿着一丝蛛迹去探寻、追问，然后发出慨叹。化学口袋在流水线的最后一道工序旁，山一样堆满了地盘。那些瞬间完成的商品，只为消费，没有融入一丝人的情感，枯燥无味，缺乏细节。而且它的松散和随意性也决定了人们使用它时不会产生爱惜的念头。在乡下，人们真正爱惜的还是用棉花织造的布袋，它细密、结实，抚摸上去能体会到织造者的良苦用心。它们闪着劳动的气息，具有庄稼的色彩，看一眼就能想象到丰收的米粒，让农人倍感欣慰。

石　碾

石碾的故事实在太多了，给了我无限回忆的乐趣。

石碾分大碾子、小碾子。大碾子一般两个人推，小碾子一个人就能推动。因此大碾子的故事要比小碾子的故事多得多且精彩得多。

大碾子的优点是轧面快，面细且有柔质感。大碾子推起来，声音像滚雷，威武雄壮，又像一支前进的部队。

我们小巷便有一个大碾子，整日地“天雷”响不完，轧面粉的人排着队。

轧粮食得分底，一底、二底或三底。底大了一下子轧不开，底小了白费工。那年月麦子少，轧的多是玉米、荞麦、豌豆、红薯干。轧不同的粮食各自发出不同的声音。一底黄灿灿的玉米轧上去发出尖锐的喳喳声，像一百只麻雀乱叫；轧荞麦，声音则显得有些柔弱；轧红薯干完全是呱呱的声音；轧豌豆则显得十分壮烈。

不管什么粮食轧成粉，一遍是不行的。轧上半个小时，用罗筛一次，大的颗粒放上去重轧。筛下的粉暂时放在碾帮上，不用急着取下来。筛面粉是女人的拿手好戏，一边筛一边唱《红灯记》选段。这时出了力气的男人点燃一支烟，蹲在碾道里吸着。眼睛盯着自家女人，有时不认识似的盯着看好久。看着看着坏劲儿上来就说，你等一下。女人被搞得莫名其妙，以为自己丢落了面粉，就四下张望，结果没有看到地面上有面粉，就很认真地问，干吗？有啥事？男人一时语塞，丢下烟蒂，忽地蹿到女人面前抱起来就亲，女人也不拒绝，只是说，不怕人看见？男人上劲儿，恨不得一口吃掉自己的女人。突然，一声咳嗽从巷子里传过来，不是自然的那种咳嗽，而是含有一种暗示的咳嗽。女人抬头看见四婶从自己院子里出来，边走边喊，有劲儿回家去使，这大白天的，让孩子们看见多丢人，简直不要脸了。这时男人才渐软下来，继续点烟、吸烟，烟雾更大地升腾着。复又蹲下去，脸上是那种偷东西被发现的沮丧。可眼睛还舍不得拿开，继续看自己女人的身子随着罗左右摆动，馋得流口水，这时女人就有一种胜利的自豪感。男人吃了亏，以后轧面粉总说白天没空，等夜里轧，女人知道男人的心思就笑而不语。

当然夜里轧面粉时就出面快、效率高。男人恨不得早早轧完好办那事。男人找到了快乐场，白天干了一天的重活，晚上也不觉得累。有时轧的面粉还没有吃完，男人就催促女人该轧面粉了。女人知道男人的心思，有时故意说，面粉还多着哩！这月咱不轧面粉了，吃米饭。男人一听就有气，不轧咱就永远也别轧，看谁怕。于是就鼻子不是鼻子，脸不是脸，摔板凳，砸水缸，干活也疲沓。女人气了男人，偷着乐，就说看把你急得疯狗似的，你们男人没有一个好东西，纯粹是狗脸，用着人了奶奶、妈，用不着人了狗臭屁。话是这么说，女人多数是依着男人的，男人是柱子，全家的衣食住行都靠着男人，柱子不倒这个家就兴腾。

推碾子要用碾杠，碾杠是槐木的，槐木有劲儿，力气大的男人使起来，不易折断；椿木不行，椿木一推就断。一般都是使用独根槐木。时间长了，槐木杠被摸得光滑，有肉质感，让人喜爱。

有时因为白日里的什么事，女人真的生气了，男人再要求女人办那事，女人就拽出碾杠追男人，男人怕真被棒着了，跑得赛兔子，让女人追不上。随即那坏劲儿也就跑完了。

唉！岁月流逝得太快了，一些有趣的事只能当故事一代一代传下去。现在的年轻人永远也享受不到那份乐趣了。再过几年，恐怕也就不知道什么叫碾子了。

雪

我不知道下雪了，是母亲从隔壁把我喊醒的，我正在酣睡。自从我长大以后，母亲就不再上房扫雪，这事全靠我一个人完成。

母亲喊声落下去，我抬头看了一眼窗子，窗纸非常明亮，这都是外面有雪的缘故。我重新合上了眼睛，想再睡一会儿，下雪天地里的活没法干，得等到雪化以后。

刚合上眼皮，母亲又喊了。这次我不得不起床了。窗纸有一孔是被麻雀撞破的，冷风从那里钻进来，棉衣被吹得冰凉。

我一手扣棉衣的扣子，一手打开房门。满院子的白雪，院子里所有的东西都被雪覆盖了。雪已经停止了，好像一个干完活的小工等待老板验工。非常安静，没有任何声响，麻雀们也在乘机睡懒觉。

我抬头看了一眼邻居家的房顶，积雪足有十厘米。有邻居真好，我好几次都是通过观察邻居家了解我们家的情况。比如说，我看到他们家房顶的积雪厚度就提前知道了我们家房顶的雪有多厚；再比如，炎炎夏日我在屋子里乘凉，房顶摊晒着刚刚从田野里收回家的麦子，突然我看到邻居家急遽地在房顶堆麦子，就知道天气不好了，我也就急忙爬上房顶行动起来。有邻居真方便，能迅速获得一些信息。

此刻邻居家还没有动静，也许昨晚上睡迟了；也许早醒了，躺在炕上想事，日子中的一些事，过一段时间需要捋一捋，这就是老百姓常说的“清楚”，邻居也许趁这个不忙的时刻正在捋。

我一手拿着扫帚，一手爬梯子。梯子的蹬儿上都有雪，我一边清理一边慢慢往上爬。在雪天干活处处要小心，我们队里的王雨就是那年冬天在房顶上扫雪，不小心摔下来，腰折了，几十年干不了活。本来王雨是一个非常勤劳的人，看着别人爽爽地干活，自己却一动不能动，心里着急，后来经妻子劝说也就想开了。可是孩子们渐渐大了，需要盖房，需要娶媳妇。靠一个女人去完成这些本来是男人的事就非常艰难了，妻子开始闹情绪，开始对王雨冷淡，到最后日子实在没法过了，妻子就离开了王雨。这是没办法的事，人生苦短，谁也愿意找幸福的日子过。好端端的家庭，就被一场事故拆散了，而引起这场事故的原因就是雪，雪是自然事物，本质还是人自己不注意。

我小心地爬上了房顶，我看到村庄所有的房顶都被白雪覆盖了，与我家院子里的白雪一样安静。人们都在酣睡，或者贪恋热炕头，如果不是母亲喊我，我也会多躺一会儿，那是一种难得的享受，没有活路的紧迫，完全可以把心放在最平静的位置。

此刻我的乡民们就沉浸在这样的时刻。白雪安静地盖着房顶，人们安静地在房顶下休息，那些高出房顶的树木也在安静中。

我开始了劳作，我尽量把扫雪的动作压低，不发出很大的声响，但那些雪落下房顶时还是发出了“砰”的一声闷响。这次下的雪是软雪，好扫，不用费很大的力气；有时候下的雪是硬雪，瓷实，非常难扫，扫下一座房顶的雪，要先脱下棉袄，过一会儿要脱下秋衣只穿一件衬衫，好像过夏天，满额的汗水。

一房顶的雪快要扫完了，可是人们还在房顶下安静地享受。我嫉妒了，心里不平衡，开始故意把扫雪的动作弄大，提醒他们该行动了。过了一会儿还是那么平静，没有人影出现在房顶，我急了，就故意地大声咳嗽。又过了一会儿，果然出现了人头，他们缓慢地从下面升上来，我故意不看他们，可是有的人故意戏弄我似的说，小果，扫完了，挺快的。我还是不抬头，回答，扫完了。并讽刺地加一句，享受够了？对方马上辩解，享受什么？不注意一觉睡到天亮了。

房顶上的人多了，扫雪的声音此起彼伏，有时铁锹碰撞房顶的声音传得很远。人们一边扫，一边隔着房顶说着日子中的事情，有的人用铁锹冲撞高出房顶的树枝，哗地一下，树枝上的雪全落在了地上。有的人笨，劳动了一辈子，也找不到劳动的窍门，在房顶上被妻子数落。当着许多人的面，男人脸上搁不住，就反击说，你行你自己扫。男人做出扔扫帚的样子。这下真把妻子惹急了，声音猛地提高了八度，怎么了？蹬鼻子上脸了，说你几句不言语就是了，还急！男人立马蔫了，重新握起扫帚干起来，动作比先前加快了。男人想，赶快干完下房，不在这上面丢人现眼。

全村的人都上房顶了，都在房顶上扫雪，同一天早晨干着同样的活，呼吸着清晨同样的空气，肯定有着同样的心情。“瑞雪兆丰年”的话语在每个人的心底甜蜜地流淌。

马 车 夫

一

今年七十六岁的马车夫，已经艰涩地度过了二十年寂寥的时光。没有马陪伴的日子，对于一个爱马如命的人，简直就是度日如年。

一出生就爱马的人，在这个世界上是不多见的。当他无意趴在道路中间玩耍的时候，任何一匹马，无论有怎样着急的任务，都会在他面前戛然而止。四目相视，他们好像已经认识了半个世纪。

是的，天生爱马，爱马的鬃毛，爱马的丝绸般的肚皮，爱马的诚实的眼睛，爱马的圆润的臀部。尤其爱马的飞驰、嘶鸣。爱马使他放弃了找个女人过日子。就这样孤零零地爱马一辈子。别人看起来不可思议，可的确是这样。只要有马在就不孤单。

任何时间、任何地点，只要有事，马就会很附和地在他的吆喝声中放弃休息，驾上马车。马车夫的鞭子只是一个摆设，它从来没有抽打过任何一匹马。这就是优秀马车夫的特点。只需一个眼神，马就会心领神会。

只要“走”字出口，马就会小心地出队院，走上大路。这时，马车夫并不着急坐上车，只有在前后无人的时候，才跷腿攀上车沿。在马车的里侧，随意地放松着身体。高耸的马车夫，永远高高在上。马没有半点儿奚落马车夫的意思。马是认真的，从来不开玩笑。只有马车夫坐稳的时候，马才放开步子，向目的地奔走。任何一匹马的奔走都具有童话般的意味。马一生从来没有停止过奔走。无论路途多么遥远，马从来不半途而废。只要马车夫在，它的行走必定充满意义。马是自信的，这给了马车夫莫大的尊严。一次次成功地到达终点，使马车夫的神情充满了自豪。马的疲惫只有马车夫看得出来，任何一匹好马绝对不在另外的人面前表现出神情疲惫，即使在万里征途之后。对于一匹马的习性，马车夫了解得绝对透彻，什么时间饮水，什么时间喂料，什么时间休息。古代战场上，好马宁可战死沙场也绝不临阵脱逃。这么好的马，只有马车夫配使唤。马车夫与一匹好马的情感无法用语言完整叙述，一匹马是马车夫的半条生命。

马车夫就是这样一个细心的人，马在马棚里卸下了沉重的鞍辔，安静地吃草，然后安静地合上双眼，这时，马车夫才安静地躺下休息，一旦马发出一声轻微的声响，马车夫就会睁开眼睛望一眼。马为了表达对马车夫的感激，已经把拴马缰的栏杆摩擦得油亮，让人看一眼就觉得舒服，栏杆是槐木做的，经过时间的洗刷已经没有了槐木的清香。剩下的是结实、细腻、担当和信用。一个好的栏杆可以陪伴马的一生。

马要换掌了，只要走路时有一点儿不舒服，马车夫就会看出来。马车夫不止一次地告诉队长，可队长负责着全队的工作，很少有时间过问他们的事情。

一个晴朗的天气，马车夫再也忍受不下去了，牵上马去了集市。他要找最好的换掌师傅，那个师傅高高的个子，阔脸、少言，年龄与自己相仿。他的技艺来自父亲，父亲得了偏瘫，就让儿子自己试手，谁料想儿子的技艺不比父亲差。儿子叫李泰。

辗转多处，终于找到李泰，李泰正忙得抬不起头来。旁边站着好几匹马，马的主人都耐心地牵着自己的马等待着。无论怎样难缠的烈马，在李泰手里都表现得老实、听话，没有一点儿脾气。马的缰绳被绑在前面的树桩上，李泰的身体紧靠在马的臀部，方向与马相反，是一个让马感到舒服的姿势。右手轻抬起马的左腿，一目了然，旧掌已经被磨损得只剩下半块了，磨损的痕迹那么明显，看得出这匹马的征途多在柏油路与山石路上。此位马车夫自豪地说，一个月出好几趟远门，到山西阳泉给乡亲们拉煤。几百里地，只要一出发，我就倒在车厢里睡大觉，等我醒来，已到了地儿。有好几次险情，都是马自己解决的，它知道在什么地方刹车，在什么地方走碎步，在什么地方走大步。

李泰经的好马多了，也不惊讶，只是笑着赞许，手里的活更不停止。

换好马掌之后，马车夫也不急着回家，他要牵着自己的马在集市上转一圈，他的目的他自己清楚。他要让集市上的人都认识他的马。

马车夫并不很用力地牵着马缰，马跟在后面，马高抬的头颅，以及晶亮的双目让看到它的人无不停下脚步观望。马车夫的神态惬意极了，也不停下，甚至走路的姿态也夸张起来。儿童们跟在马后跑了很长一段路才放弃。

二

繁华的街道再也看不到马的影子了，来来往往的都是汽车的影子。滚进耳朵的是隆隆的轰鸣，迎鼻而入的是浓浓的汽油的味道。多么希望从东边或西边突然走来一辆马车，马的颜色无所谓，铜铃系不系无所谓，车上有没有货物无所谓，只要是一辆马车沿街而来就行。车上坐的是自己或另一位马车夫。马车夫很端庄地坐着，手里举着鞭子，后面有一群儿童不停地追逐。马车夫并不朝后看，他知道意外不会发生。马并不很用力地拉着，轻松地行走，马的气息沿街而落。这种场景不真实，只是在他的梦中不止一次地出现过。每一次出现都令他失眠，辗转反侧。他不止一次地躲避这样的梦。那是一种刻骨的煎熬。但对于自己钟爱一生的事物，谁能躲避得了？

那些马自从消失以后，再也没有在他面前出现过。最后的那匹马离开他时，他急了，他要跟队长拼命，他的愤怒让他不假思索地砸毁了马车，这是一个愚蠢的举动，与队长的阴谋不谋而合，队长乘机转过脸去，笑个不停。他失败了，跟队长的大吵大闹也没有留住马的踪影。那个买马人趁着队长与他对话的时刻，偷偷牵走了他的马。牵走之后，他才想起没有嘱咐买马人马的脾性。他觉得对不起陪伴自己几十年的伙计。后来，他仔细想了那个买马人的面孔，一脸的凶相，简直是一个屠夫。他的猜测完全正确，就是屠夫，居住在河的北岸，人们把他宰杀牲口的技艺传说得神乎其神。而他等待的是屠夫终结的消息，十年后一个阴雨天的下午，一个消息不胫而走，屠夫终于被一匹烈马踢死了，肠子被烈马的蹄子踢到了树上。这一口恶气终于吐出来，从此他的愤慨才有一点儿缓和。可是已经来不及了，方圆百里的马几乎全被这个不要脸的屠夫宰杀了。

三

几乎是无家可归，家里只有一座土墙围成的院落，屋中没有任何电器。他的生活完全是原始的纯自然的，对吃食也不讲究，只要能填饱肚子就行。没事的时候，他就坐在大街的十字路口，等待奇迹出现。几十年了，时光匆匆而去，可奇迹仍然没有出现。有时，他就不停地吸烟，烟卷是自卷的旱烟，目光空空地望着行人，猜测不透世界要发展成什么样子。

为了拍照片的需要，我递给了他一支烟卷，点燃之后，他猛烈地吸起来。

他不知道我为什么给他拍照片，这一生他只拍过身份证照片，那是一次拘谨的拍照，他不知道拍照片还那么难受。从此他就再也没有拍过照片。这一次拍照，来得那么自然，他甚至还没有准备就进入了我的镜头。他或许感到了一点儿稍纵即逝的快感。

他的确不知道我要把他的照片放在哪里，我是他一个近门的孙子，就算给他照一百张相片，他也不会拒绝的。照完相片后，他依然蹲在那里，天已经近午了，他还没有回家的意思。由于事情繁忙，我匆匆和他告别。我走后孤寂的气氛又重新向他袭来。他又重新进入了前一段时光，仿佛刚才的一幕根本没有发生。眼前是来往的人群，都是年轻的，穿得很超前，他一个也不认识。有时村主任路过，给他甩过来一盒烟，他接过烟，没有感激的神情，还是从前不可原谅的神态。村主任就是过去的队长，年龄只比他小六岁，也是近七十的人了。他已经打了五次辞职报告。可上边说没有合适的人选，一直拖着。现在的年轻人忙于自己的事业，谁也不关心大伙的事。村主任知道自己对不住他，每次见了他就给他烟吸。村主任现在正给他办低保。

四

不知谁的谈话中，透露出一句关于马的话题，他立即警觉起来，仿佛有人故意引逗他的敏感神经，仔细听听，的确是一个误会。那些妇人谈到的只是儿童服装里一个关于马的图案。看来听到关于马的信息，在这个十字街头没有什么指望了，他已经在这里固守二十多年了。他实在不愿意加入旁边那一群同龄人，他们是一群搬弄是非的人，任何一个有点儿小矛盾的家庭都会被他们肆意地夸大。每个人都有自己的生活方式，世界不能千篇一律。马车夫从来不介入这种实在不文明的讨论。

看来只有到草原上找马了。一个温和的早晨，他备好了行李，准备步行到草原。他这一辈子从来没有去过草原，他只是在电影《草原英雄》中见过马，那里的马多得数不胜数，那里的马很少参加运输，只是一个劲儿地吃草。他甚至不知道草原的方位，但是，他还是出发了。他走了两天两夜，最后还是转回了这个村庄。放下行李的那一瞬间，他长长地叹了一口气。看来他只能放弃一生的挚爱，他再也没有来过十字街头，一直躺在自己的土屋。几天后人们发现了他的尸体，他死时保持了一匹马奔驰的样子。

他是我们村庄最后一个马车夫，他死了。埋葬那天，村主任亲自把他安葬了，并命令我们村最好的纸匠糊了四十九匹不同颜色的马陪伴他，当然，黑色与红色居多。

瓦　房

我喜欢瓦房，它是我们那个时代农村极少见到的建筑。它的尖顶以及它的高度，在乡村众多的平房中卓然而立。

我们学校的教室是瓦房，它突兀地出现在村子的中央，让我们在遥远的沙滩地玩耍的时候一眼就能看见。

我喜欢瓦房的超大的空间，它隆起的尖顶部分完全是空的。只有横七竖八的框架在那里占据着很少的空间。而在这之下，宽阔的教室里摆满了桌椅，与它的宽阔形成协调。这一定是一位教育界的高手建议的，他的建议完全符合学生们的阅读习惯。

窗子是木框的，它空着的部分可以塞上玻璃，但我从来没有见过玻璃站在那里。冬天一来，老师就发动学生钉上塑料布，没有塑料布时就糊上报纸。报纸是省报或市报。

我清楚地记得报纸上有一张照片是尼克松访问中国，身旁有周恩来总理陪同。他刚下飞机，在机场上矗立凝望着中国的飞速发展。他就那么一直望着，在教室的窗户上，陪伴我们一个漫长的冬季。我们总是有意无意地瞥过去一眼，但并没有给我们深远的想象。春天还没有到来，那些窗纸被撕得漫天飞舞。窗外不远处是农民上工的小路，老师讲课时，我的目光偶尔望向窗外的农民。

空旷的教室在寒冷的冬天，根本保存不了热能。教室的黑板右侧，有一个煤火，常常用煤泥封着，感受不到它给我们的温暖。

没有一个学生不冻坏手的，手背隆起，好像一下子吃胖了。手背上常有新鲜的冻伤。有时打闹，在对方不注意的情况下用手猛捏对方的耳垂，搞得对方眼里噙着泪花。天寒地冻不说，有一名语文老师特别高傲，看到学生就像看到一群障碍物，也不知他有多么高的理想。对我们时常出言不逊，大发雷霆，好像他的妻子被村主任欺负了。常用鄙夷的目光蔑视我们，还不断地用幽深的词语讽刺我们。我实在受不了他的行径和态度，有一段时间我就不想上学了。

风

风是地球的朋友，也是人类的朋友。

风是吸尘器，也是大扫帚。年年无约而来，清扫着地球的陈旧，梳理着万物僵化的血脉。春天，风从南方吹来，带着南方温暖的气息，让万物感到春天来临了。冬天，风从西伯利亚远远吹来，带着西伯利亚的寒冷。冬暖交替，构成四季的循环。万物才有生有灭，地球才保持年轻、旺盛。

风是有道路的，任何阻止风的行为，都是错误的，都遭到不可预想的下场。风的力量无比。我喜欢风，时常站在风中感受风的魅力。我迎风而走时，风几乎穿过了我的所有细节，风把我吹成一个透明的人，让我心无所累。让我从纷繁的杂事中脱身而出。

风吹着我的头发，我的一头漂亮的黑发在空中飘着，显示出我的年轻、潇洒，显示出我青春的魅力。风吹着我的风衣，恰好我的风衣没有系纽扣，风衣的下襟向风的方向飘逸着。像武士只差佩剑，如果佩上利剑，就像大喊一声“风萧萧兮易水寒”的荆轲。

风从我们村庄吹过，村庄发出病人被医生挖出病灶时的尖叫。风在更新着一座村庄的情节，风不愿意让一座千年干净的村庄，染上沉疾。村庄是地球美丽的家园，人类只有在村庄里居住才能滋生能量，你看那些被水泥包裹的人，每天无精打采，睡意蒙眬，没有了创造力。脚上踩的、头上顶的都是坚固的水泥，耳朵听到的也是水泥的声音，难道这就是人类的最终归宿吗？

风从田野吹过，发出音乐的声音，那些在大地上生长的植物，无不喜欢风的到来，风是它们的贵客，它们用音乐欢迎贵客。这种音乐人类是无法模拟的，是天籁之音。风是礼貌的，从来不在任何一处歇息，它们认真地完成着职责。风把所有沉睡的事物吹醒了，大地，河流，树木，小草，山脉。大地松软了，没有了冬天的僵硬，适合了农人的耕种，农人驾着牛拉犁铧在肥沃的土地上，唱着乡谣，牛不时也凑上几句。河流破开了冰封，腾起了欢乐的浪花，唱着歌穿过另一座村庄，流向远方。树木发芽了，一点点的绿，开始扩大，树叶是树的衣裳，没有衣裳的树是光秃的、裸体的。就像一个人不穿衣裳是丑陋的。小草绿了，一星星，一点点，开始是草色遥看近却无的那种绿，随后就是连成一片的，逐一蔓延到山坡、丘陵、大地的每一个角落。如果大地上没有小草，我觉得就像这个世界没有女人。

风在大地上吹着，催开了花朵，清扫了贫穷，任何有风吹过的地方，粮食丰收，花朵鲜艳，村庄吉祥，人们和谐，百鸟欢唱，白云飘荡。风不停地吹着，吹着万物，有时发出怒吼，那是风在发脾气，一些顽疾与风对抗，那些陈旧、固守、恶习，风必摧之。

人类是狡黠的，有时是魔鬼。人类在无休止地破坏自然，利用自然，攫取自然的力量满足私欲。人类占有大量的土地，让耕田变成他们的住宅，让美丽的湖泊变成游乐场所，让诚实的山脉变成他们攫取资源的基地，让美丽的藏羚羊变成居室的标本。

风一场一场吹着，沉默着，看到人类太不像话了，就站出来，发一次威。风的力量太强大了，能把一座高楼夷为平地，能把一个身体吹上天空。到目前为止，风还没有真正发过一次脾气。风总是忍耐着，让人类自己觉醒。风知道自己的威力无比，不会轻易爆发，风不愿意伤及无辜。这要看人类的态度，实在冥顽不化，目中无风，风总会要爆发的。

我作为地球的一分子，是喜欢风的，喜欢风的态度。风在不停地为地球、为人类做着有益的事情。

当 家 人

在乡下一个家族有一个主事的人，此人德高望重，责任心强，经验丰富，人们都尊敬他。

谁家红白喜事都是他主持。就像电视台的主持人，把节目主持得不疏漏，引人入胜。幽默逗趣是主持人的才华展现，这就更增添了节目的魅力。

在乡下，白事的主持应该气氛严肃，按照白事的一系列原则，按部就班。白事是有讲究的，次序不能颠倒。一个人去了，要烧下炕纸，倒头纸。灵堂的位置，头向何方，脚向何方。双脚还得缠上绊脚绳，口中衔上铜钱。蒙单几尺。这都是当家的人心里有数的，撺忙的人谁也不挂心。撺忙的人只顾做自己的事情，做完可以打扑克，玩。

还有一件事特别重要，就是死者若是女的，必须提前通知娘家人，女人的哥哥或弟弟。娘家的人来到必是一脸审慎的目光，详细询问死者的死因。确认无疑也就闭口不言，离开时还要说上一句客气的话——按照你们的习俗办吧。这是达礼的人。若是遇上好事者，必是怒目圆睁，追问死者的来龙去脉。若答者疏忽有遗漏，好事者必再三追问。只要抓住一点儿小辫子，就不放手，让生者难堪。好事者立刻趴在死者的身前，对着死去的亲人大声说，姐姐你活着没有得了好，死了也不能让他们痛快。这一般是舅舅发出的话，外甥们听了一脸的震惊。如果舅舅捣乱，死者不能早入土为安，多放一天就是二百斤白面，再者，地里的农活也耽搁了季节，是得不偿失的事，所以说，此时没有与舅舅辩解的机会。当家人立刻就会把几个儿子拉到一边训话，舅舅无论怎样发脾气，谁也不能顶撞，只能顺毛扑拉，万不能抵抗，逆着舅舅说话。这都是当家的处理经验，只能这样，丧事才能办得圆满。圆满是每个当家人的目的。一个好的结果，是人们追求的。如果有一处纰漏，就会被当成一世笑话，这是每一个当家的人忌讳的。

死者的几个儿子照办了，娘家人再也没有脾气。也就从嘴里冒出一句没有底气的话，你们看着办吧，尽量把事办得圆满，让俺姐姐走得体面。当家的人听了这一句话，紧绷的神经立刻放松了，马上按自己的计划进行，丧事果然办得顺利，完满。

喜事，办喜事就没有办丧事那么复杂。再难办的喜事，无非是多撒几包糖、几盒烟，多扔几张钞票。

闺女出嫁，就是摘老子娘心上的肉，谁家也是一样，生怕闺女受了屈。娶亲的队伍早在娘家门前等了半晌了，还是不见新娘的影子走出家门。当家的人虽然经验厚实，但若遇到此种情景也有些茫然。赶忙从车厢里，让司机拿出准备好的香烟、糖，进门催问。娘家人此时都绷着，根本不拿着当家人当事，也就是不把当家人往眼睛里放。当家的人都有一个如海的心胸，根本不生气，径直来到院子里，找到对方管事的人，先客气地递上烟，一旁司机手里托着糖块。对方的管事一本正经地说，没问题，就是爹娘愿意多留会儿女儿。女儿一走就是泼出去的水，收不回来了。心里恋。没问题，没问题，稍等一下。当家的人也理解，这是人之常情。等会儿就等会儿吧，没办法。

这一会儿实在是长，杀一只羊的时间。当家的人有点儿急躁，这是自己当这个家几十年来从没有遇到过的事。

当家人在原地走来走去，看热闹的人知道怎么回事，只是笑。其中一个说漏了嘴，回家拿钱吧。当家的人，一下子没有沉住气，说，先前说好了，彩礼加堵轿口的一共八万六，怎么还要钱？当家的也生了气，不过仔细一想现在不是生气的时候，大风大浪不稳住就会翻船。说什么也不能翻船。于是，当家的又重新走到院子里，这次直接给了对方主事人一整条香烟，然后凑到那个人的耳朵前，小声说，说个数吧。那个管事的人觉出当家的是个精通事理的人，脸上露出笑意。然后，举出手掌伸出两根手指头。

当家的人说，两千。对方管事的人当即就变了脸色，两千还买不了一头猪。要买两头奶牛的钱。当家的面有难色，随即露出笑脸。两万就两万，我马上去办。

当家的，踮脚走到车旁，低下头告诉司机回家赶紧取钱。司机也不知怎么回事，调转车头就开走了。新郎这时从车里出来，问清怎么回事，把胸花一扔，大叫，这婚事不办了，太欺负人了。当家的赶忙把新郎按到车里，有你什么说的，打住，不然我抽你！压住了新郎的火。

司机把钱取来了。当家的把钱郑重地递到对方管事的人手里。新娘才缓缓走出家门。看着貌若天仙的娘子，当家的心里说，再出两万也值。

这就是当家的苦，一件事必须办得圆圆满满。

当家的是我的邻居，为了别人家的事，起早摸黑。当家的也七十多岁了，老伴儿时常说，退了吧，让年轻的干。当家的人说，年轻的谁干，现在挣钱要紧。

一个早晨四点，冷风徐徐，我起床小解，听到当家的一边干咳一边走出小巷，不知谁家又有了事情。

路

那条路，不知有多长时间了，也许与村庄的历史一样长，村庄多长时间了，这得查看村志。反正我在村子里生活了近五十年了，没有听到一个人提到这条路多长时间了。每个人都有自己具体的事情要做，谁也不关心路的年龄。这是大家的事情，大家的事情可以不管，可以放着，有时间了让大家去管。我也只是问问，我当然也管不了。

一条路，只要它存在着，就有人走。无论它多么泥泞，多么坎坷，多么窄小。只要它存在就有人走。当然，难走时，肯定避免不了人们的牢骚。

一条路就那么安然地在村庄的田野里放着，春夏秋冬，任人们随便走。你不走是你个人的事，路不管。路，从来没有给村庄里的人发过脾气。路只跟城市人发过一次脾气，那是一个到村庄相姑爷的人，他不知哪根筋错位了，非要把他的独生闺女嫁到我们村，他还哀叹着自言自语说，下辈子再也不生在城市里了，听他的语气好像城市有多么可恶。他开着小轿车来的，因为刚下过雨，路实在泥泞，小轿车的轮子转得跟飞一样，就是不往前走，他也许生气了，只说了一句这路真不好走，后来路就把他与车翻到了路沟里。但是，他依然没有改变初衷，最后还是把闺女给了我们村，后来他几次来，路就好走多了。

我来回在那条路上走着，从来没有嫌弃过它难走，二十年前父亲一直在它上面走，我只是跟着父亲偶尔走一次。现在，我一直在它上面走着，父亲偶尔走一次。父亲年龄实在大了，走在路上摇摇晃晃，路，实在受不了他这样的速度。路就不欢迎父亲了，但允许父亲站在村口瞭望，这都是我在路上时，路悄悄告诉我的。但是，我总不能把原话告诉父亲，我只是转弯抹角地给父亲说，父亲还是察觉了话的背后意思。父亲急了，父亲把院子里的一把锄摔得震天响。我小心地给父亲解释，父亲还是怒火不息。我从来没有见父亲发过这么大的脾气。父亲说，我一辈子走它，我对得起它了，可它，低着头想一想，它对得起我吗？几十年了它给我使过多少磕绊？有一次我拉着一车麦子往家走，我已经用了最大的力气，它还是不让车往前走半步。有一次夜里浇地，浇完地已经是深夜两点钟，天上也没有星星，我一个人深一脚浅一脚往回走，走到半路它把我整个人都摔倒了，而且还把我的一颗门牙摔断了，可我听到了它在暗处偷笑。我计较过它吗？父亲说到这里故意把牙龇了一下，好像是证实。其实我早就知道父亲的门牙掉了一颗，是摔断的，下半截牙根还存在着。可我也没有办法，我总不能跟路说，我父亲太僵了，你看着办吧。路不让父亲走，肯定有路的道理。我声音很低地给父亲说，我给路讲讲情。其实父亲是理解路的意思的，他只不过当着我的面显示着做父亲的尊严。

以后的日子，父亲走在这条路上的次数明显降低了。而我愈加宽敞地行走着，父亲只是在收割的季节，从路上走来看我种的庄稼怎么样。我的性格父亲了解，知道我做事情不严格，他怕荒了土地，哪怕是一棵小苗的地方。如果我种得完好，父亲就满意地微笑。父亲不知道，我做别的事情不严谨，种地毫不马虎。现在算起来，我已经正式种了三十年地，可以说是一个合格的农人了。

种地三十多年，每天走在路上，对路有了感情，这是必然的。了解了路的情趣，它的爱好，它的执着，它喜欢什么样的走路姿势，也了解了自己什么时候走在上面，心情最佳。

每次走在路上时，我都小心翼翼，生怕对路有什么不利因素。锄在我肩上扛得端庄，左脚刚刚落地，右脚紧跟着抬起，一般情况下，不出现半步差错。每次走在路上我都有好心情，因为太阳从东方刚刚升起，亮丽的光线照耀着我要走的路，路一直向前方安稳地延伸着，路基结实，没有突然的塌陷，我每次都是放心地走在上面。如果是我往田里用人力车送粪土，我就把粪土用锹拍得方圆，不让粪土掉在路上，低着头一直用力拉车。路最嫉恨一个人干活不是干活，玩不是玩。有的人走路，一边走，一边嗑瓜子。还有的人一边走，一边打闹，这样的人最后都没有好结果。还有的人两口子打架了，就在路上发威，用脚跺路，这更使不得。

走路要有走路的姿势，也要有走路的心情，要面带微笑，这样你的日子就会顺畅。你的日子顺畅了，别人就会嫉妒，他们不知道你的日子顺畅的原因，还以为你命好，其实你的日子顺畅是因为几十年走路走得好，积来的福气。走好路是有好运气的，你不止一次地给别人说，他们根本不相信，他们不相信世界上还有这个理，他们只知道一元钱买四个馒头是确实的。

知道了走好路的好处，我每天走十几遍我们村庄的路。没事的时候我就扛一把锹，哪里坑了、洼了我就马上补上新土；哪里有一块石头、烂砖，我就把它装在口袋里带到沙滩里扔掉。几十年了，我都是这样，没有感觉累，反而觉得心情舒畅，有时在路上我还哼唱流行歌曲。

我知道人生短暂，在有限的人生，我尽量多走我的路，希望多收获一些人生的快乐。我还知道我像父亲那般年龄时，路也得嫌弃我。我也会同样与自己的儿子争吵，现在我所能做到的就是加快走路的步伐。

白 杨 树

不知道哪位领导的主张，在农村的田间小路上栽上了两行白杨树。以前我从没有见过这样的树种，它光滑的皮肤，没有刺的枝上在春天早早蓄满了饱满的叶蕾。

我喜欢白杨树。

村主任指挥着村里的年轻人，没过半月的时间就把村里的田间路上栽满了白杨树苗。我觉得很多人与我一样喜欢白杨树，每栽一棵都很认真地左照右照，与前面的排成一条线。栽树的场面非常热闹，有的人很多年没有栽过树，觉得稀罕，每栽起一棵脸上始终抑制不住微笑。当时谁也不想为什么栽树，白杨树长大了有什么用。

树栽起以后，村主任大着嗓门儿说，我们要爱护这些树，让它们顺利成长。

因为村主任说过，因为树也是生命，我们村庄的人无论干什么农活，都非常小心，生怕毁坏了树苗，爱惜树苗就像爱惜自己家里的孩子，干活干到地头上了就站在白杨树旁望一望，看看树叶上是不是生了虫子，用手指拃一拃，看看这段时间长了多少。这种树是很懂事的树，无论谁观察，都以一种乐观的态度面对你。没有因为没有生长在城市里的马路旁、公园里而自暴自弃，从不灰心丧气，反而因生长在广阔的田野里感受着天地润泽，吸附着自然精华而快乐。

几年过去了，它们长得笔直、耸立，远远望去像一群勤劳的农民让你感到雄壮、伟大。望着挺拔的白杨树，这时在你心里暗暗滋长了一个决心，永不离开养育自己的村庄，用青春的热血建设自己的家乡，让她美好、更美好！

春天来临，白杨树是最先迎接春天的树种，它的叶苞首先张开了，随之而来的是紫色的杨穗，这应该是白杨树的花朵，有一个人的中指那么长，那么粗，挂满了白杨树的枝条，很好看，像一个生产队的社员开会，那么安静。

十来天之后，经过春力催发，这种紫色的穗穗就会松懈，在风的推力下掉落在土地上，一片，特别浓厚，没有实际的用途，人们谁也不去捡拾，久之就会在土地上风干。不过它们刚刚落下时的浓厚确实很美，像紫红的地毯，踩上去有一种绵软的感觉。由于青涩气息，羊们、牛们都不食用，慢慢风干、干枯、柴瘦，最后融于泥土。

随后芽苞处，就吐出嫩黄的叶芽，弱小、稚嫩。但有着不可忽视的力量，在天空蓄积着，被阳光照得闪闪发亮。没有几天就猫耳大了，再过几天就狗耳大了，但比狗耳圆阔得多，看着那么舒妥。

叶根有叶柄支撑着，整个树冠看上去蓬勃，饱满，郁郁葱葱，像一个血气方刚的青年。什么重任都能担当的样子，在村庄的田野上矗立，像村庄的卫士，使一座村庄增加了底气。

村庄也显得年轻、旺盛、精力充沛，能抵挡住任何突然来临的灾难的样子。每一个从村庄走出来的人也显得朝气蓬勃，劳动时都不觉得累。

夏季来临，白杨树的蓬勃所呈现的美我觉得无与伦比。它所有的树枝一律向上，紧紧靠拢，宽大的叶片缀满了枝杈，现在可以用茂盛形容了。一只鸟儿飞进去马上不见身影。鸟儿的叫声从枝叶间漏出来，好像是白杨树心灵的歌吟。

笔直的白杨树，它的皮光滑而有银色，泛着微微的淡青色，有水桶粗细，这几年它一直努力生长，因为天空的无限空间有着极大的诱惑力。有时它呈现了倔强的品格，它倔强的品格让它生长得参天耸立，看上去不屈不挠，有一种深潜的对抗的精神。

它对抗着什么呢，它对抗着北方的风雪，我亲见过狂风欲把它压倒之势。狂风发狂似的呜呜叫着，很得势的样子，我看见白杨树努力抵抗着，我心里悄悄为它们捏着一把汗，然而最终白杨树战胜了风暴，白杨树挺过去了，赢得了人们的尊重。同时我看到了白杨树沉默的力量。它的坚强，不是“不屈与挺拔”五个字能概括的。

这一群白杨树自从在我们村庄的田野里扎下根，好像找到了世界上最好的土壤，在田野敞亮的空气和阳光里，茁壮生长，养成了和善、随和的个性。任何一个脾气暴躁的人靠近它们就软和下来，怒气随之平静如水。

有一个叫王三的人，脾气太孬了，经常打骂妻子，事后平静了又后悔不该对妻子那样。他竭力控制自己的坏脾气，可是办不到，后来别人建议他靠近白杨树，白天没有时间，他就晚上背靠着白杨树站半宿，每天晚上坚持，后来这个人的脾气没有了，见到熟人老远就自来笑。

由于白杨树长得太俊俏了，那些鸟儿们从老远的地方飞来都愿意夜间居住在白杨树上，黎明飞出白杨树浓密的树冠到田野里找虫子吃，后来它们干脆把家安在了白杨树上，在白杨树上生儿育女。白杨树同时担当了警戒的任务，那些不速之客来临，白杨树就迅速告诉了大鸟。那里很安全，没有意外的事情发生。

上工收工，我们都是行走在白杨树笔直的夹道里，仿佛行走在富丽堂皇的宫殿的廊柱间。一边走路，一边用目光巡视白杨树，心里默数着一棵，两棵，三棵……越数心里越亮堂，有时数着被行人打断，心里有一股小懊恼，随后就想下一次认真地数，其实每一次我们数得都很认真。

几十年了，我们在田野里默默劳作，白杨树在路旁默默生长。劳动的间隙，时常抬起头仰望白杨树，常与白杨树的目光相遇，它们也亲切地注视着我们的劳作、我们的生活、我们的日子。我们好了、富了、吉祥了。白杨树也高兴。有这样值得信赖的好邻居，我们欣慰。

白杨树见证了我们的辛劳、执着。见证了我们与灾难搏击的履历，见证了一座村庄的繁荣与衰败。

年轻人为了让白杨树见证火热的爱情，他们把自己鲜亮的名字用小刀镌刻在白杨树光滑的皮肤上，白杨树生长，名字就烙印得深刻。让白杨树见证一生的不离不弃、爱情的忠贞。

我永远喜爱白杨树。

自 行 车

小时候，对自行车特别感兴趣。那个年代，自行车少得可怜，只有那些在城市里上班的正式工才偶尔有一辆，大部分人没钱买，就是有了钱也得凭票买。票当然是有门路的人才能得到。

那时自行车，多是天津“飞鸽”“红旗”和上海“永久”，三大名牌。当然也有杂牌的，杂牌的常遭人们鄙视。

姑父有一辆天津“飞鸽”，但我没有见过新时什么样，我见到的是如四十以后的妇人，沧桑、怀旧、刚硬、固执。姑父来我家看望奶奶，就把自行车放在我家的院子里。父亲与姑父坐在屋子里喝酒，我就悄悄在自行车旁用手转动车拐，不停地转，猛烈地转，后轮就飞速旋转，并发出飞轮特有的声音，仿佛很愉快的样子。旋转到达了高潮，我猛一用力捏手刹，后轮立即原地不动，并发出急躁的停止的声音，好像前面挡路了。

奶奶端着一盘热豆腐看见，就喊不要费车子，弄坏了，你姑父怎么回家。我不看奶奶，但手已停止动作，在那里停止不动，噤呆着。后来听见奶奶的脚步声远去，就悄悄把自行车推到门外。推自行车很不好受，重心把握不住，总往两边倒。但还是兴趣不减，一手扶把，一手扶车座向前走。在街上转一圈，又按原路返回。放在原地支好，还是不离开自行车。这时我听到姑父与父亲在屋里喝酒喝到了劲头儿上，谁也不相让。姑父是一位郎中，姑姑嫁给他时，他们家都没有房子，就睡在地壕里。现在他们家好过了，盖了新房，又买了自行车。姑父的特技就是给人看疮，那个年代，可能由于卫生问题，人们经常在身体的某个部位长一脓包。姑父的职业就是把脓水放掉，涂上药。不久就痊愈了。被治好的人感激，就给些小钱，有的给两包蛋糕。小钱到手姑父就讨酒喝。

姑父看疮很有一手，他有一把锋利的小刀，有的病人胆子非常小。看见姑父的小刀就打战。姑父就把刀子缩在袖口里，装作无事的样子，查看病情，在你完全没有心理准备的情况下，刀子出头了，你还没有反应过来，手术已经完成。

姑父的药，都是自己配制的，两样。一样是白色粉面，一样是黄色粉面。药面儿里含有冰片，冰片的辛凉味时常冲入我们的鼻孔。还有一味药叫麝香。这种药很贵，我从来没有见过。其他的我就不知道了。这是祖传的手艺，姑父从来没有给我们说过。

姑姑在生产队里喂着七八十头大肥猪，没时间看奶奶，就命令姑父常来，姑父每次来就带一包蛋糕。

那个年代没有其他的副食品，就蛋糕、饼干。蛋糕的价钱比饼干贵，更好吃。姑父走后，我猫一样蹿进屋去，迫不及待地取一块放入口中，然后再拿一块迅速撤离。奶奶不知道内情，就臭骂在窗前阳光里酣睡的大花猫。我偷着乐。这时我已吃完蛋糕玩别的了。

过一段时间，姑父又来了，自行车放在原来的地方，我依然待在那里。他们谁也不理我，只顾喝酒。我还是重复上次的玩法，用手掌转动、旋转、刹闸。然后推出门外，在街上转一圈。后来我就试着用脚踏脚蹬子，但是自行车几次毫不留情地把我压在地上。后来我学会了套腿骑自行车，姿势很不雅，就是在大梁下面的三角洞里，把腿伸到右面的脚蹬子上。那个时候的自行车都有大梁，不像现在，大梁弯在了下面，上下车都方便。

学会了骑自行车，我几乎发狂了，姑父一来我就悄悄把自行车骑出去，姑父也没有办法，看着我不说一句话，很无奈的样子，然后就与父亲到屋子里喝酒。

有一次我把姑父的“飞鸽”骑到了集市上，集市距离我们村庄八里地。中途链子断开了，没办法，只好一手提链子，一手推自行车，一步步回家。姑父在我家的门口徘徊不定，他在等他的自行车。夕阳照着他焦躁的脸，父亲站在一旁，不停地说，这孩子到哪里玩去了。

后来，我就到乡中上学了，学习的兴趣压过了自行车。

放麦假，我又接触了一次自行车。那是我们队里的二民从邮电局骑回来的。二民接了他父亲的班，在邮电局送信。那天星期日，二民就把自行车骑到了队里的麦场上。我迫不及待地骑着自行车在场院里的麦场上转了好几圈。那时我已经正式学会了骑自行车。

那是一辆上海“永久”，车身非常结实，我们六个人全部上了自行车，二民掌着把在场院里飞转，我们的手臂伸展着，模仿吴桥杂技自行车载人的表演。吴桥自行车杂技表演是十二个人，我们是六个人。但我们足够快乐。我们唱着电影《甜蜜的事业》中的插曲——《我们的生活充满阳光》。

麻　雀

玩耍了一天的麻雀，太阳落山以后，要休息。虽然已经很疲倦了，但它们还是不急着入巢。麻雀具有小聪明，它们怕人们或凶猛的禽鸟袭击它们，这是防范意识，也是应该的。

它们在居住地不远的地方，强打精神继续玩耍，以便等待天完全黑下来，人们全部收工，只剩下孤寂的田野，它们才放心地飞向屋檐或生产队的一个草料房。麻雀对于居住环境的要求非常低，只要能遮蔽风雨就行，最主要的条件就是安全，生命对于个体的重要，麻雀的意识比我们高。不像人类，酒喝高了，就去冒险，车开得飞一样，世界上唯我独尊。如果三两个朋友相邀，就敢跳河。

草料房内，就李头一个人进出，他是饲养员，喂着三头牛、两匹马。傍晚收工后，把料草添足，和衣便睡，再无事生。麻雀们知道李头是一个善良的人，对他的戒备已除，睡眠起来也踏实。不过意外的情况也有，麻雀正陶醉在甜甜的梦中时，突然被一双大手紧紧攥住，麻雀狂奔的心跳，被那双攥紧的手掌感知着，麻雀这时的想法可能是这下完了，任人处置吧，但是内心里也在寻找着逃跑的机会。

其实这双手掌，不是李头的。李头正在酣睡，突然的敲门声惊醒了李头，李头懵懂着抬起头来问一声，谁呀？我们，大爷。李头听出是自己的晚辈们，也不气恼。和气着说，这么晚了有事吗？我们捉麻雀，这里有吗？李头赶紧说，有，在料草房，还不少呢，整天叽叽喳喳的，烦死人了，赶快把它们逮住。李头的反叛，是麻雀意想不到的，半年多的伙计并没有结下深厚的友谊，它们把李头看成了朋友，太信任李头了，可李头并没有把它们往眼睛里放，该出手时就出了手，可是，平时麻雀们并没有发现李头对它们有一丝一毫预谋之心，看起来人类真是捉摸不透啊，每个人都深藏不露。

麻雀们后悔呀，后悔也没有用，它们还听到了人们捉到它们时兴奋的叫喊声，那叫声让它们听起来害怕、恐惧、绝望。在刚才的混乱中，有几只麻雀逃脱了，它们通过窄小的窗孔飞到了黑暗的天空里，它们庆幸，窗孔没有被他们用黑布蒙上，如果那样，它们将彻底完蛋。有几只麻雀太不幸了，由于突然的险情，它们失去了主张，失去了理智，慌乱了，逃生的意识占据了首要，慌不择路，撞在了料房漆黑的墙上，当场没命。而那几只侥幸逃出的麻雀，由于过分的惊吓，神经受损，整天闷闷不乐，有时精神高度紧张，厌食，无飞翔欲望，突然听到一声响，就以为是枪声，没过几日郁郁而死。

我小时候也爱捉麻雀，后来就不捉了，再后来劝别人也不要捉麻雀，劝别人根本没用，反而遭到鄙视的目光，再再后来想自己做好了就行了，自己不是皇帝，皇帝下一道圣旨就行了，自己微小如芥，弄不好惹火烧身。于是，就把劝人的念想放弃了。

我居住的房子是老房子，有宽宽的房檐。一日晚上我正在读书，忽听到窗子上面的房檐缝隙里有暖暖的翻动的声音，我猜想一定是有麻雀居住了。我很高兴，因为我是一个被麻雀信任的人了。我想，小麻雀，你们找对地方了，我绝不会伤害你们，我也绝不会让别人伤害你们，我绝不能像老李头那样，被人叫了一声大爷，就出卖朋友。

为了证实，第二天早上我早早起床，观察屋檐下的动静，果然有两只麻雀，从那里飞出来，飞落到了院子里的枣树枝上，叫了起来，它们休息得很好的样子，声音甜亮。它们没注意到我的目光，我感觉它们是刚刚离开父母，刚刚结合的一对年轻伴侣。从它们年轻的眼神中可以看出它们对这个世界充满了信任和热爱，对未来的幸福生活充满了期待和信心。我由衷地祝福它们，组成幸福的一对。

后来，我的读书生活变得安宁与踏实，我的心不再浮躁，书也读得安静。每天傍晚书读累了，我就看着这一对幸福的小麻雀从外面觅食归来，双双入巢，就感到快乐。我把它们看成了邻居，虽然没有物质上的交流，但我们用目光和倾听进行心灵上的交流。我读书读得安静时能听到它们相依相偎的幸福的摩擦声音。有时它们发出微小的幸福的呢喃声。它们就住在屋檐下的一个缝隙里，那里连我的手掌都放不进去，而它们却非常满足。我多么愿意让它们到室内居住啊，我想把这个想法告诉妻子。我知道妻子是一个不爱麻雀的人，看到麻雀屎就很惊讶，然而她不知道麻雀为我们一个夏天吃掉了多少虫子。这个想法还是以后等时机成熟再说吧，现在说肯定不同意，弄不好还要把这两只麻雀赶走呢。

以后的日子，麻雀总是先于我起床，起床之后就站在树枝上快乐地鸣叫，由于早晨的空气干净，那叫声非常清脆、悦耳。我醒来后，第一个表情就是微笑，发自心灵的微笑。我走出去后它们才飞向天空。我由衷地祝福它们一路平安。

一年过去了，它们体魄健壮了，爱情也成熟了。来年春天，它们想要孩子，建立自己的家庭。于是更加忙碌了，从老远的地方衔来草棍草屑，搭建巢穴。我实在不忍心看着它们在那么窄的小缝隙中飞来飞去，就找来了锤子，钎子，爬上木梯开凿起来，为了麻雀的居住环境我宁可损己了，不料被妻子看见了，说我有病。

巢口大了，麻雀进出自由了，我看到它们没有了原先时的小心翼翼。随后我听到，两只麻雀站在离我很近的树枝上，愉快地叫了好一阵。它们加快了筑巢的速度，有时衔来了一根长的草棍，进不去，就一只麻雀往里拽，另一只麻雀在外面往里推，样子好看极了。女人都是怀胎十月，我也不知道麻雀怀胎几日，反正我看到其中一只麻雀胖胖的，它一定是要做母亲了。

几天过去了，小巢筑好了，在一个阳光明媚的上午那只做母亲的麻雀分娩了，由于好奇我寻找了机会，用小手电光观察了一下，一共六颗麻脸的小蛋，相偎依着，我知道那是六只小麻雀将从那里出生。为了不引起大麻雀的注意，我很快离开了那里。不过我却有了牵挂，我更加注意它们了。那只做母亲的麻雀耐心地哺育着孩子的出生，而那只雄麻雀更加忙碌了。它把菜地的青虫叼回家中，让另一只麻雀吃掉。我看到它们吃食物时，有一种相互体贴的神情，雄的好像说，难为你了，雌的好像说辛苦你一个了，而后它们相互理解似的依偎着。

土　　地

1983年我有了土地。当几个人手里拿着尺子、锤子、白灰面，在一块土地前丈量时，我的心就开始澎湃——我将拥有自己的一块土地了，我将是这块土地的主人了！抑制着激动的心情，等他们把木桩深深楔进土里，我才松了口气。我看着眼前这块方正的土壤，平平整整。当我把目光收回时，又谨慎地把目光伸向那一群刚刚离开的人。他们的背影逐渐消失，直至彻底看不见时，我才大声地吆喝了一声。这是我人生最痛快的一次吆喝。

这块土地将属于我了，我要在它的上面劳作，完成我人生最后的旅程。

地是东西走向，我从西走向东，查看着土地的每一处，有没有病情。这是一块健康的土地，没有沙化，是完完全全的好地。分土地时，老队长站在队院的石碾上面，用沙哑的声音告诉大家，要用心想着自己的地……最后，老队长还加了一句话：从今天起，我就不是队长了，我跟你们一样是普通的社员，明天早上你们也就不必来队院问活儿了，可以睡一个安稳觉。然后在自己的土地里操持了，想种啥就种啥，根据你们自己的爱好，不喜欢种地的人也可以闲着。

猛一下子，这种单干的形式让我们好像有接受不了的心理。但毕竟有了种植的自由，心也就踏实了。

我从西走到东，又从东走到西，我分析了它的受光情况，以及风的走向、排水情况。最后我确定这是我们队里最好的一块土地。此刻我的心，又一次澎湃起来。

几十年了，我从没有敷衍过一次土地，总是认真地去耕种，春天撒子，秋天收获。连野风见了我的地，也总是绕道而去。土壤肥厚，驮肥、驮水。好多人从我的地边走过，都露出艳羡的目光，也有几个人露出嫉妒的表情。我已经不管他们了，这块地已经真正属于我了，谁也无权从我手里夺走。

我没有马，翻地时找二愣的马。二愣的马是一匹英俊的枣红色的马，那匹马走在地里时，姿势漂亮极了，好像找到了纵横驰骋的疆场，好像它的心情因一直找不到疆场而压抑。它在我的土地上奔驰，尽情地发挥，舒展的身体好像一匹丝绸。二愣也因一次痛快的劳作而欣喜。

二愣不止一次地骂我，你小子好福气，全队就这块好地被你占了。我只是嘿嘿笑两声算是解答。我知道自己捡了一个天大的便宜，捡了便宜不能卖乖。这是我的人生理念。

开始那一阵，我担心这块好地会不翼而飞，每每睡到半夜就起床到地里转一圈，看看地还在不在，下雨了，到地里转一圈，看看地被雨水淋得怎么样。几十年了，我总是认真地耕种，很怕地因我的一次懒惰而变得荒芜。

庄稼长得憨实，玉米浓绿，小麦金黄，大豆饱满，高粱沉重。我总是变着样地种植，种什么长什么，种什么庄稼都有人叫好。

我的大部分时间都用在了这里，有时忙种、忙收，我就让媳妇把饭送到地头上。我一边吃饭，目光还不停地朝地里张望。刚刚翻新的土地还有一种油光，满地油光油光的，好像淋了一层花生油。每一块土都是松散的，没有块垒，土地上没有一棵野草，有一棵也是我故意留下来的好草。我拔草时总愿意把好草的根留下，让它们来年继续生长。实际上每一棵好草都是懂事理的，它能预知天气的情况，能为一只小虫子遮蔽风雨。一只努力向前爬动的虫子，中途突然遭遇风雨了，好草的叶子就做了虫子的避雨伞。

我知道留住好草对一户农家意味着什么，它是吉祥的表征，是一个人心里修为的表征，一个不爱草的人，一个不爱蚂蚁的人都是人格不完整的。爱蚂蚁、爱草就是爱自然，就是与自然融合在一起。只有与大地、自然巧妙地相融合才是人生的真谛，自然有真气。只有与真气结合，人才能健康。

土地拾掇得好，小动物也愿意靠近，那些鸟没事的时候也在我的田里飞舞。几十年了，我总是认真地劳作着，不怕累，不怕脏，不怕苦。累了就坐在田埂上休息，旁边放着一壶水，渴了拿起来就喝，滚落的水珠滴在我的胸前，我挽起的裤管时常粘着泥块。我叉着腿，坐在我的田埂上，脸上淌着汗水，燕子们在周围忙碌地飞舞。

有时间时，我就用手机与我的朋友联系，告诉他们我的生活状况，让他们不要牵挂，同时我也祝福他们生活得更加美好。这就是我的日常生活，没有杂念，没有好高骛远。更没有远大的理想，更没有幻想。

我的唯一的一个想法就是：我老了，有一个人能把这块地经营好，让土地尽其所能，不要荒芜了。

自古无地难为家，土能生万物，地可发千祥。

第二部分

加上形容词修饰以后的村庄

秋后的村庄

麦子种上以后，一座村庄显得孤寂，仅在几天之前，村庄还显得拥挤和喧闹。仅仅是一个节气的隔扇，寒露或霜降，就呈现了不同的场面。人们选择不同的时间、方向，陆续离开村庄到遥远的城市打工。他们不顾女人的作态或缠绵，离开得那么干脆。男人有自己的具体事情要办，义务和责任绝不能允许他们像小男人那样扭扭捏捏，习惯让他们年年的外出没有一丝的含糊。

男人们走了，走得是那么彻底。一些女人也走了，她们也轻巧地隐入了城市。一座村庄走掉了百分之九十的人，剩下了老弱病残、幼儿。

年老的人，他们的行动是迟缓的，他们的行动总和也激不起一座村庄欢乐的浪花。田野宽阔无边，让寂静有了宽阔的空间，广大的寂静逐一占据了空间的每一位置。由于寒冷的降临，任何植物都停止了膨胀，反而内缩，昨日的繁荣与狂躁没有一丝痕迹可寻。鸟类也减少了飞翔，季节的变换，使它们已不再生育。生育是劳累和匆忙的，筑巢与滋养小鸟都需要勤劳。

虫子也减少了爬动，有的耐不住寒冷的摧残，已停止了生命，只留下了干燥的空壳。阳光也没有了往日的躁动，安静得像河水，没有最初的急躁与不安。

安静的阳光照在村庄里每一个能照到的事物上面，仿佛以前从来没有这样照过。是的，从来没有这样照过，那时的阳光被村子外面的事物拦截了。就像排队买油条的人，村庄是站在最后的那一位。

最后就最后吧，反正比不照好。也许是惭愧，阳光照到的每一件事物都明亮、慈祥、健硕、柔和。

阳光照在窗子上，窗子上已经糊上了挡风的白纸。照在屋檐，照在院子里的农具上，那些农具已被擦洗得干干净净。院子宽阔，部分阳光直接铺在了院子的地上，有人缓缓从院子里穿过。牲畜也在院子里被照亮，它们总是奔波，从来没有这么安静地享受过阳光。它们干脆卧在地面上，要让阳光照个够，眼睛眯起来，嘴里咀嚼剩余的草料，这样才能充分地享受时光带来的快乐。另一头牲畜在另一处享受着阳光。一座农家小院好像被照懒了，每一个人、每一件物都没有很大的动作。说话也是慢的。

一束阳光透过厚重的窗棂照进屋子里，房屋内一对经霜的老人，慢条斯理地有一腔没一腔地诉说着生活，不觉间给村庄的历史填写了一页无关紧要的内容。他们认真地剥着今年的花生壳，一些花生要做明年的种子。

在漫长的冬季，一座村庄就是这样步行着的时光，没有急躁，没有匆忙。如果站在村子外面的一处高的地方瞭望，你会觉得一座村庄此刻它是多么孤独。它需要对话，需要赶路，需要修补和飞翔。飞翔是它的梦想，没有梦想的村庄注定是要衰竭的。一座村庄是韧性的，一次一次反复适应着潮流所带来的暗伤。几百年来它孕育、操劳，为国家和社会输送了将军、政客、私企老板以及理发匠、鞋匠、木匠与诗人。它不比任何一座村庄差，它的荣誉记录在每一个有过村庄史的人的心里。

村庄你还孤寂吗？你的孤寂是因为一些人的离开吗？

当舅舅把金黄的玉米棒在屋顶上整齐地堆起来之后，村庄里基本上没什么活干了。舅舅是一个非常有耐心的人，他总是把那些收回家的秋作物，摆放整齐，一粒不丢。舅舅种了一辈子的地，一辈子热爱粮食，他把每粒粮食看得金贵。有时你看到他认真对待粮食的样子，你会突然轻视他。你觉得一斤粮食不值几个钱。可是事后，你就后悔，不该对舅舅产生那样的心理。粮食是汗珠，是心血，是生命的根本，是无价的。任何亵渎粮食的人都是罪人、小人。

从此我再也不敢对舅舅热爱粮食的态度表示轻视。上次舅舅好像看出了我的心思，当我站在舅舅面前时，舅舅总是用鼻子哼一声不再理我。

舅舅已经是近八十岁的人了，不再出门打工，没事的时候就留在村庄。我前面说过，当舅舅把那些金黄的玉米在屋顶上堆砌起来以后，村庄基本上就没事可做了。一些人到附近的城市里打工去了，一些人到很远的城市里打工了。村庄就空了，剩下了舅舅一样的老人，还有一群飞来飞去、无所事事的麻雀，还有我这个无所事事的人。没事的时候，我就在村子周围转悠，搜集点儿题材，以便写成文章给喜欢我的读者看。

风已经刮了好几场了，田野空阔得让人感到孤寂。那些风经过田野时，总是加快脚步。天一天比一天冷，人们不断地往身上加衣。空的村庄，空的街道，空的小巷，空的石碾，空的电线杆，空的牛房，空的队院。一切都给人空的感觉。好多人感觉心里空空的就是不知道往心里塞什么。依我看，有什么可空的，不过就是减少了劳动，四肢一下子闲下来不知道怎样放。我把这样的猜测告诉大家的时候，有的人还不承认。他们说也不尽然。话虽然这样说，可有时我的心里也非常空落，我只是不表露在脸上。

望着空落的村庄，冬天里街道变得灰暗、冷清。即使有车通过，扬起的灰尘很快就降落了。好多的鸟不愿意飞翔，牛和马在田野上沉默地吃着麦苗。落光了叶子的杨树枝条努力地向另外一个空间延伸着，所有的田埂都不动，秋天我们用过的新土，慢慢变旧。那些我们抛弃的叶子已经干缩。田野上偶尔有一棵遗漏的玉米秆，在萧瑟的寒风里呜呜作响。

初冬的村庄

天气渐渐变凉了，人们一件件往身上加衣。而北风还是不断地从北方吹来。每次吹过时，树上的叶子都要掉下一部分，大地都要加冻一次。人们还是忙碌。准备干柴，修菜窖。秋收以后，那些壮劳力就出门打工了，剩下了爹娘。

大地基本上被农人收拾干净了，偶尔有几个枯败的玉米秆在风中抖索着。它们坚持的样子，好像在等一个至今未归的人，翘望着远方。田埂孤寂着，那些在夏日繁茂的小草，开始枯竭，它们已经走了很远的路。不过它们已经留下了后代。我们这里栽种的最多的树是杨树。那些毛白杨，它们是不善于表达的树种，每年冬天，它们就把衣服送给大地，冬天太冷了，他们总是考虑着另外一些事物的安危。你看它们苍劲的手指伸向清冷的天空，北风不停地吹它们，它们迎风站立的样子多么像我的爷爷。我时常听到北风吹过它们时，发出骨头的声音。我想由于它们高贵的品质，不会丢下土地而走，不会丢下一座千年的村庄。与白杨树一起抵抗寒冷的还有一个空鸟巢。

一只鹰在村庄的上空盘旋着，我已经很少见到鹰了，它从哪里飞来。它是否预见了一个重要的消息，它的威严与王者风范，是否能逢凶化吉。我想会的，以往的事实已经佐证了。我们村庄的人都对鹰充满了敬畏。鹰每次飞来，我们都把自己珍存的肉食放在田野的田埂上，让鹰品尝，而鹰总是象征性地吃一点儿。我们谁也不知道鹰的居住地，它总是适时地从远方飞来，它硕大的羽翼飞动时，空气发出砉砉的声音。我喜欢鹰，每年鹰飞来的季节，我都忍不住向鹰飞来的地方瞭望。

所有的虫子，已经藏进了土壤里。土壤是它们过冬的棉被。它们在地面上，生活了将近一年，用它们的五颜六色装点了世界，它们梦想着像鸟一样鸣叫，可是始终没有发出声音，就连鸟的一枚羽翼也不曾占有。它们爬动很慢，在它们的世界里自娱自乐。狂妄或者自暴自弃。它们并不想伤害其他的事物，但是它们的许多兄弟死于我们人类。一个人生了人的气，也拿虫子出气，用脚将正在爬向目标的虫子踩得粉身碎骨。没有一只虫子抵抗人类，可是人类却蔑视虫子。如果世界上没有虫子，那将缺少多少色彩。画家将缺少多少素材。科学家将缺少多少现代文明的启示。

那些适应热带的鸟儿，已经返回了故乡，剩下了麻雀。那些叽叽喳喳的麻雀，也减少了鸣叫，寒冷让它们的行动保持了矜持。它们只有在阳光强烈的时候猛地叫上一阵，它们总是在村庄的上空反复飞，不飞走。它们总想借助鹰的飞翔到达天空。如果在冬天空旷的田野上继续飞，它们的飞翔就显得丑陋。它们一直在努力消灭自己的阴影。有时它们栖息在一个完整的树枝上，思考自己的过失，思考时的样子很好看。由于它们的单纯、冲动，我从来没有把至关重要的事情托付给它们。我不完全信任它们，农时和墒情是不容错过的。

秋天的繁忙已经消失得无影无踪，留下了那些停止生命的物质。收回的玉米秆，整齐地堆放在一起，放置在距离村庄不远的闲地上，冬天那些被主人赶出来的麻雀就住在这里。一群鸡也在这里谈情说爱。更重要的是那些老人在阳光明亮的冬天依附在这里晒太阳。他们眯着眼睛，回想往事。回想一生的坎坷。那些玉米秆在他们的身后发出几声窸窣的声音后便悄无声息，微弱的禾香在空气中传播着。那种掺和着清淡香气的温暖令人懒惰，没有人愿意再到空旷的田野里来，空旷总是让人空，让人无依。田埂履行着它的责任，尽管无聊也不能随便走开。土壤开始冷硬，偶尔有一只野兔从眼前飞跑过。

村庄里很少有人走动，只有那些热爱粮食的老人捡拾丢失的玉米、花生、红薯、大豆。有时他们走在顶风中，头发被风吹乱，他们年迈的身体与风对抗着。

寒冷在一天一天加剧，一些事物逐渐消隐，永远不再出现。在时间的长河中任何事物都在悄悄改变着构架，一些人从村庄走向墓地，一些小孩出生。这些不可抗拒的事情，延续着一座村庄的生命。

几场大风过后，田野开始沉寂下来，那些在风中留下来的事物，固执地坚守着宁静。土壤开始变为冻土，你想从中轻而易举地铲走一锹是不可能的。它们封存了生命的体系。一些虫壳干燥起来，虫卵隐藏在我们不知道的地方。

寒冷继续加剧，阳光一天一天减弱，人们不断增加着衣服。谁也不愿意再到田野里空走一趟了，羊也不愿意出门了，牛们在饲养室慢慢咀嚼着过去岁月的心酸，而饲养员正斜倚在饲养室一角熟睡或许正在做梦。

一座村庄好像完成了一件大事。初冬过后随之而来的将是漫长的冬天，一座村庄将变得孤寂，在孤寂中等待一场必定的大雪。

温暖的冬天

乡村的冬天不冷，我们不但有山西的煤炭，还有用不尽的干柴。那些干枯的玉米秸秆、高粱秸秆、棉花秸秆燃烧时都能发出巨大的热能。温暖乡村的冬天。在乡村的历史上还没有听说谁被冬天的寒冷冻坏了。因此，乡村的冬季是温暖的。

乡村每家都有一个通烧大炕，干柴放进去，点燃，柴烟顺着烟囱匆匆飘向天空。也有不顺利的时候，阴冷天，气候憋闷，点燃的柴烟就是不往天空冒，往回冒。这种情况叫返烟。点燃者不服劲儿，用扇子扇、用嘴吹。可是那些烟摽劲儿似的往外挤，熏得你两眼冒泪。这时，在厨房做饭的母亲扔过来一句话，天空憋着风里。果然，不出半个时辰，风从北面吹来。当然这样的情景很少，很多的时候是柴烟欢快地升入天空。屋子里一点儿烟也没有。干柴燃尽，不一会儿土炕就烫手，整个房间暖融融的。因为冬天没有农活，你和妻子就坐在炕头上剥花生的壳。剥出来的花生仁，是明年的花生种子。花生放在炕最暖的地方，你和妻子坐在两边，剥下的花生壳放在紧挨着的箩筐里。

因为是老夫老妻了，没有火色的话，都是些家长里短的话、过光景的话。或者说谁家的媳妇真懂事，一口一个妈，一口一个爸。或者说谁家的媳妇不爱做饭。或者说谁家的媳妇是祖宗，婆婆做好饭了还得端在眼前。现在的社会媳妇是上帝，待不好了以后有你的好果子吃。妻子滔滔不绝地说着，你有一腔没一腔地应着。忽然，你说土炕的烧劲儿有点儿弱了，就翻身下炕把刚剥的花生壳抛进灶火洞。

今天，天气也好，太阳把光从窗户照进屋子里，一部分照到炕上。屋子里亮堂堂的，由于暖和，妻子的脸上红光满面。

看着妻子的脸，你想起了很多。这个漂亮的女人跟着你快三十年了，没有享过福，给你硬腾腾地生了两个小子、一个闺女。没有买过一瓶化妆品。冬天没有生过煤火。因为日子紧巴，没有买煤的闲钱。更没有买过赶潮的衣服。一件衣服穿几年。因为上有老下有小，饭也不跟嘴。你看着妻子的脸，不由得低下了头、降低了目光。你心里开始热辣辣地觉得对不起眼前这个女人。这个女人是一个实在的女人、善良的女人，知道日子的甘苦，从来没有额外要求过你。你心里也曾经有个心愿，等日子宽松了，给妻子买一盒“玉兰油”。可是，日子永远紧巴，小小的心愿始终还没有实现，你觉得愧对妻子。

在乡村的道路上走着的人，从来没有觉得冬天冷，他们穿的棉袄，脖子处的纽扣没有扣紧，手也像夏天一样伸展着，从来没有一个人低着头，衣领竖起老高走路。不像城市里的人，好像冷一直紧跟着似的。

那些照在墙根处的阳光特别耀眼，光线也鲜亮，老人们很愿意坐在那里晒太阳。我去过好多城市，从来没有见过与我们村庄一样的阳光。

由于冬天农活太少，跟妻子在一起总是那几句话，心里觉得无聊。于是撒一个谎，到邻居家走走。刚一进门，就听到屋子里传来广场舞曲的音律。他们家也是两个人，孩子们都在城市生活，屋子宽敞，屋子中央烧着采暖炉，他们两口子穿着秋衣跟着电脑学习广场舞。我一进去，他们毫无羞涩之感，而是跳得更热烈了。还让我加入。我说，你们的小日子真是温馨又浪漫。

寒冷一天天加剧，土地已拒绝了铁器的进入。忽一日，你想起了曹家坟那块地，还要修整，把露出的沙子拉走几车，从好地里拉几车土过去。可是想法就是想法，这想法今年已经用不上了，得等到明年再说。你有点儿不服劲儿地扛着你的想法，没过几天就放弃了。

一进入“大雪”，你就生着火炉，有的人家比你早生半个月。享受着山西的煤炭带来的暖和。今年你没有听妻子的，说什么也得安装采暖炉，这就免去了柴烟熏眼的短处。火炉虽然生着了，但你从来没有让火炉像火炉一样燃烧，你一看见腾腾的火苗，就赶紧用煤泥蒙住。你心疼煤块，怕可着劲儿地烧，最后烧光了冬天还没有过去。

实在没事了，吃过早饭，你抓了一把花生，拿一小凳，围着火炉坐下，把手里的花生放在火炉的铁套上，那里火烫，放上去的花生不一会儿就黑焦了，黑焦了就不能食用。但下次你掌握了火候，绝对不能黑焦，等到熟黄色你就一颗颗把壳剥下来，露出红红的仁，并散发着花生特有的香气。然后一粒粒放入口中咀嚼。每次抓一把，不多抓。慢慢品尝着花生的香，香气随着空气蔓延了整个房间。妻子正在给你做新鞋，你一直穿妻子做的鞋子，舒坦、大方。妻子几次让你到超市买鞋子穿，可你就是穿不惯那种鞋。

妻子在里屋吸了几下鼻子，不抬头地说，你烧什么了，这么香。你赶紧说，花生，别的有这么香吗？妻子没好气地说，你就吃吧，吃完，我看你怎么吃油。你委屈地说，我只抓了一把。

妻子坐在炕沿边上，距离火炉两米远，你不止一次地对妻子说，坐这边吧，这边离火炉近。

火炉看着不大，却充满了充足的热源。煤烟顺着火洞升到了天空，屋子里一点儿煤气味都没有。

妻子做了一大工夫活，最后也试着坐在炉子旁，紧挨着你，妻子的手伸到火炉上方翻转着手，你落了几下煤渣，透气了，火苗迅疾爬上来。好像封闭久了，着实憋闷了。门外不知什么时候起风了，院子里的玉米叶随风飘舞着。你把门关得严实，不让风进来。你们围着火炉取暖，不知道该说些什么。以往的日子整天忙碌说的都是忙话。可是一下子闲下来，有点儿不习惯，最后还是妻子打破了僵局。妻子说，过几天咱们看看孙子去。

提起孙子，妻子一下子兴奋了。妻子说那小子长大了也不是省油灯，气性大，还没几天哭起来就没气。

儿子最近有了儿子，一家欢喜，孙子刚满月他们就把孙子带走了。你对妻子说，选择一个好日子，咱们看孙子去。

屋里暖和

冬天来了以后，把所有剩余的活儿干完了，比如，大葱、萝卜、白菜，储藏了。还有红薯，还要把那些金黄的玉米粒从棒子上脱下来，进行储藏。把去年的余粮卖掉，腾出新仓。把劳动工具统一检查一遍，有松动的用木楔子揳一揳，然后放在屋檐下面。整个院子里，一边放着柴火，一边放着豆壳，放着干透的花生秧子。西边还有一个草棚，是我们家的驴棚，那头驴已经老了，我多次劝父亲把它卖掉，父亲就是不忍。他说驴给我们家干了一辈子了，老了，干不动了，就把它扔掉，是不合理的。我知道父亲的意思，也就不言语了。

整个院子装得很满，但一点儿也没有不舒服的感觉，相反透着农家的吉祥。麻雀们时常飞过来叫上一阵，灰喜鹊也来。它们在我家那棵高大的槐树上叫上一阵，嬉戏一阵，就飞到另一家的树上玩一会儿。

天气一天比一天冷了，地里的活儿实在干不动了，被冰冻了。不过这些活儿也是无关紧要的，可以放到来年开春再干也不耽误。父亲有时在院子里发呆，不知道干什么才好。这时母亲就提醒父亲，把火炕整一整，去年烧炕，时常返烟是不是有跑气的地方。父亲不知他的思想跑在哪里了，一下子听到母亲这样说，情绪上不能接受，变得怏怏的。不过这种情绪马上就会消失。父亲与母亲从来没有吵过嘴，都是商量着办事。过日子不容易，再去无缘无故地吵嘴，耽误农时划不来。这是父亲母亲比别人高明的地方。父亲上过高小，有一点儿文化，他的炕头时常放着几本古典名著，没事的时候就翻看。我想他的生活观点，一定受了书本的影响，让他变得开怀大度。他把事物的失与得看得淡薄，不像别的男人，被小偷偷了 50 块钱几天吃不下饭。

父亲认真地检查了火炕，有一个耗子洞，用土和了泥把洞堵上，又到屋顶把烟囱捅了捅。后来父亲抱了一把干柴，放在火洞点燃，看看烟通畅了没有。可是烟还是往里返得厉害，烟囱一丝烟也不往外冒，烟道堵死了。父亲又把挨着烟墙的炕面扒开发现烟油已经把烟道堵死了。父亲用一把火箸用力捅，烟油黏得厉害，后来又借助斧头才把烟油去掉。整理好后，父亲为了不耽误母亲做饭，很快又把炕面修复完整。

又抱了一把玉米秸，这次是母亲抱的，母亲用火柴一边点火一边说，现在不知怎样了。父亲没有回母亲的话，只是一门心思地把抹子上的泥巴擦掉。母亲刚一点燃，干柴就发出噼啪声，熊熊的小火焰往里猛劲儿地钻。屋子里一点儿烟也没有。母亲欣喜地说，这下好了。点了一把，母亲忍不住又抱了一把玉米秸点燃，然后母亲走到院子里，抬头看天，发现我家的炊烟已经升上了天空，越升越高与邻居家的炊烟结合在了一起。母亲非常高兴，脸上露出了微笑。

接着母亲就去做饭了，晚上我们收工回来，母亲已经做好了饭。是我们意想不到的，母亲一个人在厨房给我们包了水饺，母亲很早就说过等冬天活计少了给我们包水饺。这个愿望今天突然实现，我们心里都高兴，水饺馅是北瓜丝，还放了半斤猪肉。非常好吃，我们都是慢慢地咀嚼，好像是品尝着我们几十年生活的滋味。甘苦、酸甜。

我有两个儿子，也就是父亲有两个孙子，都在上大学。为了让他们有一个好成绩，没有后顾之忧，我们起早贪黑，想尽了办法挣钱。母亲没事的时候，给村里一个拆解旧洗衣机厂捡塑料。父亲想找一个工地看门的活干，而我们小两口儿今年冬天想把我家的果树培培土，再加进去点儿肥料。

今天晚上，我们是在烧了柴的火炕上吃的水饺。我们洗手时，母亲已经把水饺端在了放在炕上的饭桌上。我们把父母让进里面，我们坐在外面。火炕的温热不一会儿就传到了我们的身上，舒服极了。心里也暖和。这是今冬我们吃得最舒服的一顿饭。

村庄底片

农历正月初八，天降大雪。这正是我期盼的事情，我喜欢大雪覆盖田野，喜欢那一望无际的洁白。

一早起来有了照相的念头，我喜欢站在白雪皑皑的田野上留下身影。那是一种广阔、自由。是一种干净的境界，也是我一生追求的，更是我热爱家乡、热爱土地的一个有力的明证。

我踩着厚厚的积雪，去找三弟。他有一部佳能照相机，我还没有学会使用。三弟还在享受着晨光里的美觉。我等三弟穿好衣服后，就走出了家门。三弟问到哪里照，我说到田野上。

来到村子外面，广阔的田野一片安宁，一切都在酣睡，万物都在做着美梦，根本没有城市的那种喧哗。越冬的麦苗被积雪覆盖着。我们劳动过的痕迹也被积雪覆盖了，看不到劳动的疲倦和埋怨。田野里没有人和动物的影子，人们都在睡懒觉。那些狗也懒得动。雪地上有少许的小动物的足迹。

我站在田野上向远方凝视，而远方正是一片苍茫。深远、模糊。但我还是把目光望向了远方。这样我的影像是一个自足的侧影，我的目光坚定，没有一丝忧虑。不知三弟为我拍照时注意到了没有。但是我的目光中也深深埋藏着我对这个世界的期待。

三弟一连给我拍了三四张，并说选择最好的，当然我喜欢最自然的、自信的，能给人读出生命信息的样子。

后来我又选择了以村庄为背影的几个角度，我喜欢我的村庄，热爱我的村庄。我与村庄的吻合是我一生的幸福。

厚厚的积雪，把村庄的屋顶全部覆盖了，安静、沉稳。看上去毫无恶意，反射着白白的雪光。也不知怎的此时看到房顶上的积雪，就有一种温暖的感觉。

我突然想到了距村庄三里多地的杨树林，我建议三弟我们到那里去照。我们一边走着，三弟一边演示着说在怎样的情况下，照出的相片质量最佳。我们踏着厚厚的积雪，雪水把三弟的鞋子浸湿了。我们一边走一边照，以不同的角度选择村庄的样子。而村庄还在酣睡中，她不知道一个叫白庆国的，她的子民正在叛逆中。用不同的手法，展示着她的沧桑、她的丑陋、她的不为人知的一面。我想无论哪一方面，我的村庄都会默默地接受。

田野里很静，几只小鸟无奈地在电线上站着，为食物发愁，样子可怜极了。三弟想保留下它们可怜的样子，举起相机，刚要拍照，那几只小鸟却无力地飞走了，远离了我们。

我一心想着杨树林，我认为它是我们村庄最美的风景。尽管它窄小，但我把它想象成了东北的原始森林。我是一个喜欢独处安静的人，很想隐居在原始森林中，与猎人在一起生活。远离尘嚣，呼吸没有污染的空气，听鸟儿站在树枝上鸣叫。那种原始的、自然的生活方式。

我心情急躁地走在前面，路旁是被白雪覆盖的枯草，那些枯草还没有被折断。它们只生长了半尺高就被季节封杀了。面前被白雪覆盖的路一直没人走，我们走过留下很深的脚印。由于太阳一直没有露脸，天空依然灰暗，杨树林被雾一样的灰色包裹着，虽然光线不太明亮，但我想取的就是大地被积雪覆盖时杨树林的宁静景象。

来到杨树林，我觉得这里的风景漂亮极了，每一棵杨树非常干净，包括伸出的每一条树枝都非常安静地等待着我的到来，而我的到来对于它们毫无意义。我只是出于自私，来满足我的心理需求。我站在一棵笔直的杨树旁，让三弟为我留了影。我现在也不知道我究竟有怎样的审美需求，我需要一棵雪后的杨树作背景而留下我尘世的身影，是为以后的回忆，还是为了现在的虚荣。

这片杨树林是几年前一个承包户栽上的，横向、纵向都在林主的视线里。这是林主最得意的作品，既节省了土地，又最大容纳了最多的树。现在已经碗口粗了，夏天，这里一片绿荫，让很远的人看见，有前往的念头，可是活路繁忙，很少有人来到这里。

自足的杨树，即使在寒冷的冬季，也没有表现出战栗，它们一直站在寒冷中，用内心的激情对抗着寒冷。期盼着春天的到来，它们知道严寒过去就是春天，就是温暖，就是生长，就是创造奇迹的机会。我双手合十，默默为它们祈祷，祈愿加入它们的行列。

我们的鞋子完全湿透了，走起路来很不舒服。我们赶紧拍了几张杨树林的全景就转身往家走了。这时突然从前方出现了一队行猎的人，有几只猎狗在前方跑动着。现在，我们这里兔子已经很少了，这些人还保持这种雅兴。也许他们在漫天雪地里辛苦半天也不会抓到一只兔子，可是我想他们绝不会遗憾，因为他们在一个非常干净的雪天里，与大地交融了。他们的心是满足的、快乐的。

回家的路上，太阳出来了，亮丽的阳光普照着大地，我的村庄也在亮丽之中。

夜晚的劳动

此时，我们如此地渴望风，在我们平静的生活中从来没有如此渴望过一件事情，等待甚至有些焦虑，但是我们绝不放弃等待。

昨晚一整夜的忙碌，我们终于将麦粒从麦穗上取下来，打麦机帮了大忙（因为别人家等着用打麦机，因此父亲决定我们夜里干）。

当父亲昨天晚上吃饭时，在饭桌上发布这样的命令，我和二弟都不知所措，只有三弟在一边叫好。三弟还小，家里的任何活他都没有干过，他实在觉得好玩和新鲜。而我与二弟已经经过了好几场这样的劳动，体会过它的沉重，我们彼此沉默着，沉默就是默许了父亲的命令。

吃过晚饭，父亲提着马灯走在前边，我们跟在后面，我们好像是去查看什么，实际上远比查看要严重得多。

二弟的脖子上围了一条白毛巾，头上戴了一顶旧军帽，麦场上的灰尘很大，它们会毫不客气地钻入你的头发、鼻孔，钻入你的身上紧贴皮肤，让你奇痒难忍。而我什么也没有戴，我已经准备好了一铁盆冷水，等结束后我就去冲洗。

三弟跟在母亲的旁边，一手拉着母亲的手，三弟忒小，步伐有时跟不上。让三弟去，是因为家里没有人了，没有人的家里空旷得让三弟害怕，为了避免三弟惊叫，因此，父亲也把他算入了劳动的行列，其实他什么也干不了，他只有玩的份儿。

我们很快来到场院，场院不远，就在我家村子南边的这块地里。这是我们提前十来天赶制的，父亲是赶制场院的老手，在生产队里时，每年赶制场院都是父亲带队。我们用了半天的时间就搞定了，新的场院不是很光滑，土还没有压实，走在上面有一种暄的感觉。

我们家的麦子就堆在场院的中间，高高的像一座小山丘。当然，这么多的麦子，我们家敞口吃也吃不完，剩下的全部卖掉，钱用来给我们盖房子、娶媳妇用。我已经十八岁了，还没有找到媳妇，都是因为没有房子，就没有人给你提亲，这是一个很大的问题。但是，我不能暴跳如雷，我得沉住气，只有默默劳动，做一个勤劳的农民才有希望。只有这样我才有希望不打光棍儿。二弟比我小三岁，他已经看破了现实，他正在努力学习，想考取大学，离开这个鬼地方。

我们很快布置好了，打麦机放在哪里，柴油机放在哪里。我们没有用电动机，用电动机还得抻电线，抻电线还得找电工，找电工还得买烟送酒。为了避免这一系列的麻烦，父亲就决定用柴油机带动打麦机，柴油机我们家就有，已经买了好几年了。

父亲的马灯就挂在高高的麦子垛上，用木叉顶着，这样我们就能看到场院的各个角落，虽不明亮，但也能辨清各种劳动工具。我们准备好，父亲说开始吧。我站在了打麦机的进麦口，这是我的位置，我已经成年了，我们家劳动最劳累的地方都是我冲在前面，父亲年纪大了，而且还患有严重的关节炎，我总不能让父亲冲在前面。

二弟把柴油机摇开了，柴油机的嗒嗒声在场院里横冲直撞，最后冲过麦垛奔向田野。随后二弟上了麦子垛，他被马灯照射的影子斜斜地倒下来，他的任务就是，传递麦个子，我的位置很固定，我要把二弟传过来的麦个子均匀地塞进打麦机，多了不行，多了就会噎住打麦机。

父亲负责掏打麦机地下的麦粒，多了也会顶住打麦机的筛子，而使打麦机运行不方便。母亲负责清理那些遗漏的麦穗，顺便把麦秸挑开。三弟什么也不干，在场院里跑来跑去，有时身体撞上母亲的木叉，这时，母亲就狠劲儿责备三弟，不好好在家睡觉。时间还没有过去半个小时，三弟就在打麦机旁边的麦秸上睡着了。

我们匆忙地忙碌着，谁也不说闲话，除非是发生问题了才开口。打麦机与柴油机混合的声音，充满了整个场院，然后又传进村庄，我想邻村的人肯定也听得见。干透的麦粒，一塞进打麦机就发出哗哗的掉落声音，还有被打麦机的轮子搅动着碰撞铁壁的声音。尘埃猛烈地飞扬，有一股尘土已经顺着脖颈儿进入了我的全身，奇痒难忍，三弟也被飞扬的尘土包裹了厚厚的一层。垛顶的马灯，发出的光也被尘土吃掉了一半，显得暗淡，有几只不困的飞蛾在它周围飞舞着，好像要飞进马灯的罩子里。

…………

半夜以后，二弟的动作明显减慢了。打麦子是农人最辛苦的活儿，因为抢收，就不能马虎，就不能懒惰。即使再累也得坚持，坚持到完工。去年砘子他们家就因懒惰没有及时抢收，就被一场暴雨把麦子泡发了芽，吃了一年的芽面。当然芽面的味道跟正常的白面的味道差远了。

我有好几次想给父亲说休息一会儿再干，可都压下去了。我考虑的是二弟、父亲他们。我是我们家的主要劳动力，任何苦累的活都能顶下来。

脱掉的麦粒堆已经很高大了，母亲还是不停地往高处堆，母亲脸上忍不住喜悦，因为她知道我们家今年丰收了。

突然，柴油机停火了。场院的一切噪音戛然而止，我们好像从声音的收购站，突然奔离出来，心平静下来。二弟站在麦垛上停止了动作，他在等我查看停火的缘故。我像一个被灰尘糊住的人一样，笨拙地走向柴油机，柴油机水箱里的水还在滔滔地滚动着。我蹲下身子仔细查看了原因，柴油机的输油管破裂，进入空气了。还好不是大的毛病。我沿着漆黑的道路回家拿了一个新的油管，重新换上，柴油机又发出了嗒嗒的声音。这期间，父亲和母亲一直没有停止劳动，他们好像终于有了个空当而感到轻松。他们可以利用这个空当彻底清扫一下脱下的麦粒。我顺便看了一眼三弟，他睡得正香。

又重新开始了，刚刚还未落定的尘埃又重新飞起来。打麦机还是那么有力量，很卖劲儿地飞旋着。

后半夜，空气有些潮湿，潮湿的麦个子让脱粒机吃起来有点儿费力，但它还是卖力地吃着，有硬要啃硬骨头的想法。

也不知道夜究竟深到什么程度了，天空的星星有的落下去了，让人看一眼觉得稀疏了。田野里禽虫的鸣叫也停息了，身后我村庄上的灯光也熄灭了，人们都酣睡了。白日里的劳动太劳累了。

有微风了，有微风就预示着天快亮了。

黎明前，我们终于把最后一把麦个子搡进了打麦机。当柴油机与打麦机最后的一声喘息停止。麦场上就突然寂静下来，好像一夜什么也没有发生。

二弟已经困得很了，他没有选择地躺在麦秸垛旁熟睡了。我与父亲、母亲清理着场院。不一会儿太阳出来了，太阳明亮的光芒照着我们刚刚劳动过的场地，清新、自然。麦子的芳香在场院里渐渐淡去，向村庄的方向蔓延，突然，我的困意一下子全消失了。

我们家的树

一棵树的生长与一个家庭的审美、道德标准以及各方面的修养有直接的关系。有人天生爱树，有人从来不栽树，一生与树无缘。他们一生忙着自己的事情，忙着与同类竞争、追逐，忙着心计。有时他们失败了，还不知道原因。

我们家的人都爱树，我们家种过槐树、椿树、枣树、杨树。这些树都是祖父种的，祖父说，刚分家时曾祖父把这块闲地给了他，房子还没有盖，祖父就先种上了树。等我们长大时这些树已经成材，又高又直。父亲翻盖房子时，用的就是那些槐树。父亲与母亲结婚时，打家具就是用的我们家的椿树。那些枣树现在还长着，每年枣熟季节我就爬上高高的树枝摘枣。别人家没有这么勤快的枣树，他们家的枣树早就不结枣了。原因是，枣树栽上了就再也不管了。长虫子了，就让它长吧，没时间照料它。枣叶突然黄了，也不去查看原因。有好几个人站在我家的院子里抬头望着满枝红红的枣羡慕地说，你们家的枣长得真好，我们家的那棵就是不长枣，树枝疯长。祖父说，是枣树就得长枣，看你怎样管理，你管理了吗？你对枣树上心了吗？树们不要求你天天结记着它，你只要用你打发不了的一点儿时间照看它就好。那几个人被祖父问得口呆，嘴里连忙说着是、是。可是回到家又忙开了要紧的事情，不管它了。到了枣熟的时候，又来到我家的院子里，抬头望着满树的鲜红的枣，说出的还是去年那样的话。这次祖父根本不再搭理他们，只是站在一旁脸上露出轻蔑的微笑。

吃饭的时候祖父在饭桌上就对我们讲，每一棵树都是我们的家庭成员，我们要爱惜它、关心它。它们给我们家带来了你看不到的福气。它们每天制造了比别人家多的氧气，供我们呼吸。炎炎夏日，我们一进家门，就能感到树给我们的凉爽。这些都是树一点一滴地让我们感受的恩。所以树是我们的家庭成员。听了祖父的叙述，我仔细想想道理确实是这样的。在我们家每当有东西威胁到树时，祖父就大声地提醒。比如我们开着三轮车在院子里掉头时，祖父就站在院子里大声地说，看着后面的树。我们家的树很少意外受到伤害。有一次我到小莫家借东西，刚走进院门就看见他们家的槐树被车撞坏了一块，树皮开裂，树肉也被撞得四分五裂，真是让我这个爱惜树的人心疼。我摸着树的伤口，对小莫说，怎么撞成这样?! 小莫说不小心。小莫的脸上没有一丝自责的表情，完全是撞了就撞了的态度。我拿到东西快快地回了家。

我家的树长得高大，鸟儿们也愿意在树上筑巢，每年夏天，树叶繁茂，树成了鸟儿们的天堂。它们鸣叫、戏闹。给我家带来吉祥。它们每年离开时把美丽的巢留下来。冬天树叶落光了，鸟巢依然长在树枝上，随风摇摆而不坠落。我的朋友们来我家，我在电话里告诉他们，村庄里有一棵高大的杨树，杨树上住着一个美丽的鸟巢，那就是我的家。他们每次来一看鸟巢不用问人就能找到家门。

我们在田野里劳动，一眼看见有几只喜鹊在我家的杨树上盘旋就知道，我家有喜讯了。不是亲戚来，就是朋友来了。

树也是生命，它是安静的生命，它的生命形式是弱的、轻的、无争的、随遇的。它们的生命在这个世界上对任何生命都造不成伤害。只能帮助别的生命生活得完美、更好。树的生命没有私利。树就像一个善良的人，默默地做着自己的事情。

现在住房条件改善了，院子小了，我们家栽不了大树了，就栽上了果树。有苹果、柿子、无花果，这些占地面积小的树种。夏天它们枝繁叶茂，秋天果实累累。一天的劳动结束了，拖着疲倦的身体一走进家门就闻到果实的香甜。疲倦没有了，心情变得格外清爽。父亲吃饭时总爱蹲在树下吃。

谷雨前后，种瓜点豆

农谚曰：谷雨前后，种瓜点豆。很明显，这是农民为了不错过季节，自己编的谚语。上口好记。那意思是说，在谷雨前后的这段时间里，埋下的种子，因为气温好，种子肯定能出好。当然不用问，这段时间里风暖了，天朗了，花开了。

在我们华北中部平原，瓜，包括西瓜、北瓜、冬瓜、黄瓜，其实还有红薯等；豆，包括各种豆角、黄豆、豌豆、花生等。

每年开春，父亲早早脱掉了棉衣，开始准备肥料，整理土地。其实好的地块已经种上了麦子。剩下的是边边角角的，或者是河滩里的沙土地，沙土地不托粮食，特别适合种花生，种红薯。

父亲早早来到河滩地，用我家的马把沉放了一个冬天的沙土地翻耕一遍然后擦平，然后等待谷雨时节来临。无论谁家在这段时间里，都很忙碌，谁也怕错过了季节。

我们小时候，因为弟兄多，靠生产队分给的粮食根本不够吃，我们常饿得说话都没有力气，三弟因偷吃队里的猪食被队长追到了河里。我因为吃的树叶过多，浑身浮肿，二弟因为饥饿吃棉籽多拉不下屎。

我们始终认为父亲是聪明的，他不会眼看着我们被饿死。父亲终于想到了办法，他利用剩余的时间，把我们家的房前屋后，都种上了瓜菜籽。把我们家的祖坟上也种上了南瓜。我三叔发现后，斥责了我父亲，我父亲低着头一言不发，我父亲也有难处，他不能让我们被饿得发育不良，连传宗接代的力量都没有。倔强的父亲忍受了三叔的数落。我理解父亲当时的心情。

谷雨过后的半个月里，我家真的发生了变化，那些被父亲种下的瓜菜籽，趁我们不注意的时候都长出来了，如果仔细看，小苗的头上还顶着两块种皮。太阳照着它们，像一群愣头愣脑的小伙儿。由于好奇，三弟匍匐着爬过去凝视了良久。

这些瓜菜就像农人，不需要多么肥的土壤，也就是说再偏僻、简陋，无论种在哪里，都会生长，不负农人一片苦心。

这些瓜菜经过父亲的辛苦管理到夏季终于收获了果实，南瓜、豆角、西红柿，还有丝瓜。这些瓜菜极大地丰富了我们的餐桌，填饱了我们的肠胃，喂养了我们羸弱的身体。俗话说，瓜菜半年粮。由于父亲的机智，我们靠了父亲种下的瓜菜补充营养，重要的是有足够的维生素，都发育得健康、健壮，智力过人，我们都考上了大学。我们在街上走过时，先前追过三弟的那个队长，望着我们的背影沉思良久。

饥饿是很不好的，饥饿能给人留下终生的阴影。我父亲就怕再次经受饥饿，经历了饥饿之后，我父亲再也不忘每年的谷雨时节多种下几粒瓜菜籽。

我家的房子翻盖之后，没有了余下的地，恰巧土地分田到户了，父亲就把大块地留下一角种植瓜菜，一边种，父亲还念叨着瓜菜半年粮。其实，我们都在城市里居住，菜市场什么菜都有，就连父亲一辈子也没有见过的菜都有。我们理解父亲，随父亲的心愿吧。父亲的菜长得自然丰盛，母亲他们两个天天吃也吃不完，有时打电话给我们，让回家摘菜，我们哪里有时间啊，谁也知道城市生活的步伐，一天跟不上就有被淘汰的可能。

有一次，我出差路过家乡，回家看了一眼父母，看见菜桌上放着好几捆快干掉的各种菜，我一下子理解了父母的心情。其实，我居住的城市距离家乡并不远，坐飞机一个小时就到，坐高铁两个半小时。这次出差之后，我改变了以前的想法，主动打电话给父母，告诉他们星期几回家拿菜，父母高兴得还以为我说错了话，反复追问了好几句，待确定之后，竟然在电话里大声笑起来。

后来，我把我的意思告诉了三弟、二弟，他们也主动给父母打电话要回家取菜。我再次回家，发现父亲面色红润，还不停地给我讲，电视上说，现在有一种南瓜能长八十多斤，看我能不能搞到种子。我知道那是转基因作物，对人体有害。我就对父亲说，世界上根本没有这种种子，电视上是胡说的。父亲半信半疑地不说话了。

其实仔细想想，父母把我们养大不容易，小时候盼我们长大成才，长大了还惦记我们的生活，可怜天下父母心呀。其实，父母的心愿我们应该理解。不就是愿意让我们在身边多陪会儿嘛，可是，我们匆忙地追赶生活，我们在父母眼里是忙人，他们不愿意耽误我们的工作时间。难道我们就连陪父母坐十分钟的时间都没有吗？感谢现代交通工具，让我们在很短的时间里往返了家乡与城市的距离。我愿意花几百块钱，回到父母身边拿父亲亲手种的鲜菜。这是得不偿失的行动，可是，我愿意换来心里一份踏实与宁静，这是不能用金钱等价交换的东西。

好雨知时节，农人知谷雨。

村庄里，我的生活

冬季，村庄里很少有人走动，只有太阳走在村庄的上空。太阳升到半空时，那些上了年纪的人，才一手拿着木凳，一手握着烟卷。握烟杆的老人不多，只有三楞一个。他们缓缓聚拢在村庄的墙南根，有一腔没一腔地叙说着往事、今事。脸色平静，衰老的目光看着空旷的田野，那里是他们劳动了一辈子的地方，一生的汗水洒在了那里，一生的脚印叠印在那里。

我每天去田里，要经过老人们歇息的地方。我知道他们为了一座村庄的繁荣，在这里献出了宝贵的时光，毫不吝惜地将汗水洒在土地上，甚至没有一个人，站在村庄的最高处遥望一下远方，每天在酣睡中被黎明叫醒，然后扛着锄迎着清新的阳光走向田野，从事自己的农事活动。太阳从高高的天空滑过，从不打扰劳作的人们。他们有时清闲，有时忙碌。他们清闲时会唱歌，会哼小调。忙碌时会发脾气，发脾气时像一头犟牛。

我时常觉得我们这里是一个遁世之地，还没有被玷污，没有化工厂、印染厂，没有煤矿、炼油厂。没有喧哗和烦恼。人们喝着百米深以下的井水，放羊人的羊群总是游荡在比他的思想还要辽阔的牧场。

每一个早晨都是令人愉快的。每天我起得很早，在村庄的边缘散散步，边走边伸伸胳膊、抬抬腿，我的眼前是生长碧绿的庄稼，给人以鼓励、信心。如果是冬天，我散步时就会走得很远，远离村庄二三里。我在这里尽情地呼吸着田野里最新的空气，有时眼望着距离村庄最远的地方想象一下那里的事情。在我的身后已经有几个人陆续走出了村庄，他们也学着我的样子伸胳膊抬腿。还有几个人距离我很近了，我等着他们，然后我们一边散步一边说说生活的事情。

有几次我懒得到田野里去，就靠在敞着门的门框上观望（我家住在村庄的边上）。我看到阳光穿过密密麻麻的庄稼地倾斜而下，云蒸霞蔚的天空有小鸟急速地飞过。远方有一条小河横穿了谷地。那是一条很小的河，从来没有过大水肆虐，像一个诚实的农民从来没有想到过叛逆。

从我的门口抬眼望去，视野虽窄，但我一点儿也没有感到逼仄。我的想象穿过低矮的田埂到达了视线以外的地方。在两公里以外的地方有一块大理石纪念碑，上面镌刻着保卫我们村庄的几个民兵的名字。

那是我们儿童时代每年清明要去扫墓的地方，由老师带领着，老师表情严肃，我们也深沉有余。现在那里被草掩盖。不管什么时候我凝望那里，心里都非常沉痛。太阳冉冉升起时，我看见它那么有别于其他的事物突兀地出现在眼前。

我居住的房子是乡村最普遍的那种，坐北朝南的四间筒子房，是我的父亲留下的。我从来没有考虑过要放弃它。它的墙壁是厚厚的土坯垒成的，冬天保暖，夏天凉爽。房顶上有高高的烟囱竖立着，母亲做饭时炊烟就沿着烟囱升上蓝天。冬天我们做了一个通炕的煤炉子，既可取暖又可饮用开水。

房子已经老旧，褪去了颜色，我也没有粉刷的计划。屋顶被经年的雨水砸出了数不清的小坑，但屋顶从来没有漏下过雨水。窗户是一般人家的两倍，我喜欢大窗子，早晨明得早似的，给人豁亮之感。我没有翻新的计划，两个儿子都去了城里，既费时，又费钱，何苦呢。这样我有足够空间想象，因为我有一个三百多平方米的院子。我在院子里种了蔬菜，黄瓜、豆角、西红柿、南瓜，还有茄子，大队又给安装了自来水管。门外是广阔的田野，可以放牧视线，门内是藤叶碧绿的菜园子。我一边享受做农民的快乐，一边享受当诗人的雅趣。

风中的鸟巢

在树叶落光的秋天，鸟窝明显地映入我们的视野，它们在高高的树杈上，迎风摇摆而不坠落。看似乱乱的一蓬，却脉络清晰。精巧的编织，着实让人类感叹不如。不知哪位艺术家得了近乎真理的启示，创造出了北京的鸟巢，让世人惊叹。

我喜欢空空的鸟窝，它那么独立，在高高的空中保持着自己的孤独，仿佛它的孤独不允许外物占领。因此它的孤独也就有了一份诗意。诗意幻化出了它的绝美。

它在我们无法攀缘的高度，任我们仰望、羡慕而不动心。在一枝只能承受它的孤单美的枝条上，自在着，俯视着我们的羡慕。

它空着，但不绝望，它知道它的主人会在春暖花开的时节重新飞回来，占据它，温暖它的每一小节，然后利用春天的好时光生儿育女。它的主人是一对年老的夫妻，父亲辛劳地找食物，母亲勤劳地打理家务。十几年了它们从来没有吵过架、拌过嘴。

一个归人，当他拖着疲惫的身体返回家乡，在一座陌生的村庄边上犹豫时，首先映入眼帘的，是村旁高高的白杨树上，在风中独自舞蹈的鸟窝。立即产生了热烈的感觉，它是我们童年生活的印记，这时，你就毫不犹豫地决定，对的，这座村庄就是生你的地方，是你童年、少年玩耍之地。

那棵高高的白杨树就是你攀爬过的村庄里最高的一棵树。那棵树留下了你攀爬的痕迹，那棵被你踩断的树枝，依然保留硬伤，在它附近有一棵新枝已经长得有碗口粗了。这是岁月对杨树的馈赠。岁月就是上帝，它调和矛盾，和谐万物，让一切残缺圆满。让一个漂泊的旅人回到出生之地，只有回到出生之地，才是人生的圆满，才能在这个世界上不留下遗憾。

夏天树叶繁茂，鸟窝就在树冠里被树叶遮蔽，人们看不到，只听到出生不久的小鸟要食物的饥饿的叫声，听到大鸟衔着食物哺育小鸟时拥挤的声音。

小鸟慢慢长大，长出了翅膀，当它们第一次站在窝边向下看时，心中不免恐惧，它们还没有飞翔的概念，不知道它们的路在天空里。当它们已经到了能够独自生活的年龄，老鸟就毫不犹豫地把它们推到窝外。这时小鸟恐惧到了极点，还认为遭到了父母的暗杀。当离开鸟窝的一刹那，它们本能地张开了翅膀，在空气中扇动起来，最终没有掉在地上，避免了摔伤。它们豁然开朗了，原来它们的日子在天上。

我发现任何一个鸟窝都没有被风吹掉的现象，无论经历的岁月多么长久，一个被鸟抛弃的鸟窝它只有慢慢变旧、变暗。但它永远等着它的主人归来，就像一座村庄永远等着远离家乡的游子归来。有时，一个鸟窝的等待是漫长的，有时这个漫长的等待是毫无意义的。它不知道主人出事了，主人遇到了意外，在漫长的归途中因一次疾病而终止了飞翔，终止了漫长的归路。而鸟窝还在寂寥的期盼中，年复一年期盼不减。一个在空旷的冬天被寒风吹响的鸟窝是孤单的，它在那么高的地方，气流正猛。不能躲避，就连一个避风的地方也找不到。因此，我说鸟窝的孤单是世界上最大的孤单。

一棵树，无论生长得多么高大，它从来不与鸟窝对话，它一直心里责怪鸟窝占据了它的位置，为了报答树的恩情，鸟就用业余时间为它唱歌。

但是，在险峻的现实生活里，鸟同时为树担当了警戒任务。

生活是多么正确呀，一个鸟窝、十个鸟窝、数十个鸟窝生活在村庄的边缘，没有累赘，反而给村庄带来了吉祥。一座没有鸟窝的村庄是孤寂的，是浅显的，是不懂得世故的。

每一只鸟都是理性的，它总是选择吉祥的村庄定居，一座吉祥的村庄，生活在村庄里的人也是善良的。他们深明大义，知道与大自然和谐一气。本来世界是自然的，我们人类只不过是插进世界的一根木桩。

一群鸟住在村庄的田野上，飞舞、歌唱、吃虫子，多么吉利呀。农人过日子就是图个吉利，不求大富大贵就图生活顺畅。鸟的歌唱是温雅的、顺平的、和谐的。它们从来不无端地大哭大笑。这就像一个非常懂事理的年轻小伙子来到一个陌生的场合，谨慎地去听大家的谈论，不随便发表自己的主张。

一个冬季里孤单的鸟窝就是一首好诗。

雪从来没有覆盖过鸟窝，当雪染白了大地。鸟窝依然保持着原来的颜色，只在边沿有几颗小雪粒。像在戏院没有买上票的那几位，失望，不忍离去，等待奇迹发生。

与那几颗小雪粒做伴的还有树杈上的几颗小雪粒，同时俯视着大地的白。

旧 墙

现在很少看见土墙了，偶尔遇见倍感亲切。

儿时，土墙对我们充满了诱惑。它窄窄的墙头上虽然只占一个脚的位置，但我们还是愿意沿着它快步走下去。它的危险对我们充满了诱惑。它距离地面有两米多，两米多应该是保险的高度，不具备把我们摔坏的条件。因此我们愿意沿着它飞奔。当飞奔过后我们就有一种痛快感、胜利感。一天过后，也是在放学过后，我们重复痛快感、胜利感。从来没有厌烦感。

飞奔时，有倾斜的角度，但我们张开的双臂迅速把角度弥合。一而再，再而三。小宝从来不敢用这样的姿势，甚至直立一分钟也不可能，天生的胆怯。因此就形成了小宝在下面跑，我在上面跑。

土墙完全是土的，没有任何矿物质组合，因此它们团结得很难分开。这些都是父辈们的成绩。他们筑墙时的气势很隆重，一群人也不感觉累，在阳光的灼热下，汗水滴在脚下的土里，一锹一锹把湿土垒上去，用夯夯实。太阳落山以后，他们离开了，留下了完整的墙，湿润的墙面没有任何图案，只有明显的锹板的痕迹。他们离开以后，我突然出现在那里，小宝没有在跟前。面对新墙，我有了与往日不同的思索。它刚刚成立还稚嫩，不具备负重的资本。我没有任何行动，任何行动都会导致失败。我沿着还有很深暄土的墙根走去。我看不到我熟悉的那面。墙挡住了我的视线。那面是我们的田野，田野里高粱快熟了，熟悉的气息越过墙飞奔过来，钻入我的鼻孔。我该回家了，因为天空没有了任何光线。

只有两米多高，也是一个高度。站在上面就能看到比过去远二倍或三倍的远方。这是科学，没有人能够否定。也是我们真实的体验。

我知道谁家的枣树，树枝结满了红枣，极诱人。恰巧有一枝在墙的上方。立刻爬上去，墙的高度使我们立刻摘到了红枣。并且摘了许多，放开时枣枝弹了回去，再摸时完全够不到了。

随着时间的推移，墙体变得坚硬。牲口和狗很难逾越，人也不能轻易翻越。因此有了越墙而过的典故。不从门走，翻墙而过，必有阴谋。我们这个岁数的人肯定有范例。或者隔墙有耳更典故。

一段新墙的成立，立刻招来虫子。那些虫子在很远的地方就嗅到了新墙的气味，跋涉而来，在墙面找到合适的位置安下家。一个昼夜奋斗有了只能容身的小洞，便成了虫子幸福的家园，生儿育女，度过寒冷的冬天。

时间的运行中，岁月不忘在任何物体上留下痕迹。苔藓应运而生，新墙变老墙，沧桑之气围绕。墙变得更加底气十足，没有了新墙的稚嫩，老气横秋。结实、固执、硬。谁也不能一下子推倒。也没有人故意去拆除它。它就那么横蹲在村庄的空气里。不知谁家的顽童早就在上面磨出了豁口。看上去像掉了一颗门牙。绿的苔藓附着了半个墙体，摸上去毛茸茸的。我喜欢伸开手掌在上面划来划去。由于地基的原因，墙体裂了一道缝隙，是马蜂天然的巢穴，炎炎七月，马蜂在裂缝的周围飞舞。有时，一边收翅一边两脚落地钻进巢穴。

炎炎七月，毒辣的阳光照射的墙体白光光的。由于炎热，马蜂很少飞动。裂缝中有时藏着壁虎，壁虎一动不动，耐心等待可口的食物。

这种完全土的东西，在农村越来越少见，由于它抵抗不住雨水的侵袭，人们都改成砖的了。砖本身是土。不过它经历了炼狱。

一段土墙，一段不见经传的故事，深藏着我们童年的欢乐。走乡串村，偶见到一段卧坐的土墙，斑驳得让人心疼。不好奇。

深夜去看土地

乡村的夜是漫长的，有时突然醒来再也睡不着，就干脆穿上衣服起床，突然有了到田野里看看的想法，看看我们整日劳作的土地。

月光朗朗地照着，照着村街，照着铁匠铺。经过铁匠铺就到了田野。一切是那么安静，飞虫与爬虫都歇息了，偶尔有一只失眠的虫子叫几声，因为它的偶叫，陪衬得田野更加寂静。好像一切不存在。我的脚步迈得轻起来。

现在是五月，麦子们马上要收割了，空气里弥漫着成熟的气息。明亮的月光下麦子们站得整齐，一动不动。它们各有理想，陶醉在自己美好的前程里。我仿佛听到其中一颗，“噗嗤”笑了一声。很多是庄重肃立与黑夜形成对峙。

我们这是华北中部平原，没有丘陵，纯粹是一马平川，视线里没有遮蔽，庄稼的芳香直接击打着鼻孔。前面是百亩瓜园，那些深绿的瓜叶在夜色里变得黝黑。硕大的西瓜被叶子覆盖着，看瓜人在瓜棚里熟睡。或许还有一只小黄狗在棚架下睡眠。瓜棚很大气，用九根杆子交叉，然后又用铁丝加固，床底悬空，上面铺了稻草，稻草上有一卷被子，旁边还有一小纸盒，里面装着碎烟与烟纸。在棚口放置着切瓜的刀子，刀子的锋刃在月光下闪着光。在一根凸出来的杆子上搭着看瓜人的毛巾，挂着看瓜人的草帽。虽然这些都不是今夜所见之物，但我们平日所见也大同小异。看瓜人是一个极和善大方的人，已经七十多岁，深懂事理，我们都尊敬他。他有六个儿子，早先家境贫困，靠种西瓜发了家，现在六个儿子各奔其业，在城市工作。每逢周末都带孙子们来父亲的瓜地吃上一阵，有时带几个朋友来尝瓜，有时好多城里人跟着一起来。那时我们村庄真是热闹，那是城市里的文明闯入。不说别的，单说那么多锃亮的小汽车也够耀眼的。

我们这里已经几十年没有贼了，口渴了，想吃西瓜给看瓜人说一声，他会很痛快地给你找一个上等瓜，随着中指击在瓜上的一声响，一个圆圆的西瓜就托在了看瓜人手上，你满心高兴，嘴里已有了西瓜的甜味。

绕过瓜地，目光离开瓜棚，继续往前走就到了我家的菜地，尽管月光明朗，但菜地还是一片阴影，不分明。但菜地里的错落的菜架是分明的，白天，母亲就在这里忙碌，锄草、绑架、梳理藤蔓、摘豆角。我们常年吃的都是母亲种的菜，不用化肥，用的都是草粪。母亲喜欢种菜，也是种菜的高手，每样菜不错过季节，这一茬儿息了，又种上下一茬儿适合季节的菜。村里常有人家因城里的亲戚来了，要吃农家菜，不得已到我们家的菜地摘菜，母亲从来没有拒绝过。

因为我家的菜地非常熟悉，今晚就不过去了，我看到路旁的杨树投下的阴影快到我们家的菜地了。由于我的到来，惊动了树枝上睡觉的两只灰喜鹊，它们飞起来了，飞离了树冠，由于惊恐拍打翅膀的声音很急遽。在月光下的天空飞了一圈，又重新飞入树冠，树冠毫无情绪地接纳了它们的飞离与飞来。

我一点儿睡意也没有，继续往前走，夜间的田野虽然没有明晰的事物映入眼帘，但我喜欢它们的睡眠、呼吸，以及随意的姿态。喜欢那些白天被踩倒的草，靠夜晚的力量恢复它的元气，那些疯狂的野草好像变得温顺了，没有了白日里的锋芒，变得缠绵，似有了母性的温柔。那些踩在井台周围的脚印，还清晰地保留着。平日里我们从来没有责备过土地，没有把我们的意志强加给土地。你对它的好它记在了心里。到秋天还你一个满意的结果。

不用分辨，眼前是一片向日葵，现在农民种植自由，愿意种什么就种什么。

一片向日葵夜间里也在寻找着太阳的方向，无论走过多少路途，在黎明时分都能准确找到太阳的位置。我喜欢向日葵，它们是聪明的植物，深知太阳的重要，跟着太阳走不会错。一个固执的孩子无论怎样固执地扭动他的头颅，依然不改秉性，这是我们生活的经验。

朋友，这不是一件小事，也不是单纯的事件，你想想几千颗甚至几万颗头颅向着太阳微笑，那是多么壮美的场面啊。它们的视线向着太阳，意志向着太阳，一辈子跟着太阳走，靠的就是坚定的信念，矢志不移。白日里每次走过这片向日葵，我都悄悄为它们竖起拇指。

突然，我有了去沙岗地转转的念头，那里有一个小型的家庭农场，场主是我二爷爷。他承包了村里五百亩好地，置办了各种农机具。

我沿着洒满月光的乡间路，向沙岗地走去，一边想着二爷爷所遭受的坎坷。一九八三年村主任的玉米被人砍了半亩地，村主任一口咬定是二爷爷干的，二爷爷有口难辩，被抓到了看守所，一关就是八十多天，出来时已是面黄肌瘦，耳朵也听不见声音了，也就是那年二奶奶去世了，二奶奶的去世与二爷爷的被诬告有关。后来，二爷爷就变得沉默寡言，不善交际，他悟出了什么，也就特立独行了，他承包了土地在沙岗安了家，远离了村庄，远离了人世的是是非非。

我很远就看见了二爷爷院子里不眠的灯光，深夜的灯光有些疲倦，不情愿地散发着微弱的光芒，透过微浓的空气向远方四射着。那些在夜间生存的飞虫，绕着灯泡飞来飞去，有几只飞虫用翅膀扑打着灯壁。院子里的各种农具在昏黄的灯光下安眠着，犁铧上沾着新土，新土散发着清新的家园气息。我在栅栏外站定，二爷爷已经酣睡。我的目光扫视着院子里的一切，拖拉机的深红在月光下已经看不清颜色，看到的是高大的浓重的黑影，还有两部用旧的犁铧，在院子的西边安静地休息着，播种机也没有了白日里的喘息声，静默着等待黎明。那只安睡的小黑狗躺在松软的土窝里并没有发出叫声，我知道它醒着，它早已听到了我的脚步声，由于熟知，它用沉默表示了欢迎。我在门外站着，不愿发出声音，不愿打扰这里的宁静，我在心里祝愿二爷爷有一个好的归宿。

我沿着栅栏向二爷爷的土地走去，他除了种小麦高粱，还种了大面积的药材，柴胡、川贝、蒲公英。这些药材在夜里还散发着药味。

我沿着蒲公英的田埂向前走，松软的土地诚实地坚守着农人的愿望，但却不承担农人的悲苦与凄楚的命运。我默默走着，叶子上的露水被我蹚下来，浸入土地。蒲公英的花朵真美丽，在白天我看到过它们的真容，它们好像有崇高的理想，一阵风就能把它们吹到天上。花朵同时是上好的茶料，二爷爷雇了三四个妇女小心地收集。

我感觉天快亮了，裤管被晨曦的潮气浸染得潮湿。我转身向村庄的方向走，村庄里还是一片安静，有早起的人开亮了电灯，灯光透过窗户向田野伸过来。

我快奔六十的人了，真真切切地感受到一个一辈子不离开土地的人是幸福的，也是幸运的，土地给我带来了无法言说的福祺。年轻时，我在尘世的慌乱与不安，都是土地把我安慰，是土地把它的凝重与冷静潜移默化于我的身心。在尘世几十年遇到的不幸与坎坷，我总是采取深夜去土地上坐一会儿的方法解决。由于我的心里每时每刻都装着土地，生活里遇到怎样的变故，我都不气馁，不惊变，不慌张。我的过于冷硬的心境有时让同伴另眼相看，他们总是一脸惊讶地审视我，不知道为什么我这么冷静，内心强大。在土地上行走，我内心坦然无愧，博大，我像无所不胜的骑士，我像一个常胜将军，目光直视前方，藐视小人与目光短浅者。

我们在墙这边

一方水土养一方人，这话正确得很。

一方人的生存，要靠一方的物。我的意思是，靠山吃山，靠水吃水，靠土吃土。的确是这样，单说院墙吧，靠山的地方就用石头垒就，一块一块的石头垒起来，要的是技术和耐心。而我们生存的地方是平原，院墙的起立就靠土，把土立起来。屋墙也是土的，厚厚的土墙围拢起来就是房子，厚厚的土墙遮风挡雨，避寒。寒冷的冬季，冷风来袭就被墙挡在了墙外。厚墙挡风也很有意思，风直接打在墙上，想往里面钻，墙就说，你干吗？看不见我在这里立着呀。风不好意思，脸红了，就不再做傻事。很多风就是被墙这样的答复制止于墙外了。我们在屋子里，忙我们的事情，父母剥花生壳，我和妹妹做作业。有时妹妹故意竖起耳朵，听外面墙与风对话。妹妹有时故作镇静地说，哥，你听，风与墙打起来了。我当然不信妹妹的话，侧耳细听，也确实听到风声呼啸着绕墙而去，但我们从来没有感到过风的猛烈。父母安静地剥着花生壳，从来不听我和妹妹的对话，他们有他们的语言，他们的语言充满了思想，他们总是爱在思想之间行走，当然很累。他们很少笑，他们想的事物没有笑料，一是一，二是二。

这一切我们都是沾了墙的光，我们虽然小，不懂事，但我们知道墙是伟大的，了不起的，不可侵辱的，我们从来不在墙上乱画，只在墙上挂灯，那些微弱的灯光在墙壁上亮着，照得父亲的奖状亮亮的，“劳动模范”的字体又黑又大。每年父亲都要捧回一个红红的奖状，郑重地贴在亮亮的墙上，眼睛里闪着幸福的光芒。

那年我有幸参与了打墙这个事件。叔叔娶了媳妇，就把我们家隔开了，实现隔开最实惠的物体，就是墙。因此我父亲和叔叔十来天没有睡觉，用人力车把我们村庄田野里的土一车一车拉到家。他们很卖力，一车挨着一车，堆了好多，土很湿润，有诱惑力，我们抵制不住诱惑，放学后就蹲在湿润的土堆前，用无力的小手攥土团，书包在屁股后面坠着，一直玩到太阳落山，被大人发现免不了遭到呵斥。那是一个浑厚的秋天，叔叔只穿一个坎肩，但汗水已经占据了脖子、额头。叔叔不时用没有袖子的胳膊一擦，很卖力的样子。父亲也很卖力，头上同样汗水淋漓。土备好以后，就选择了一个晴朗的天气，开始打。叔叔和父亲好像天生的打墙工，他们分别从门扇的后面拿出铁锹，那是拍墙的专用铁锹，平板的，亮亮的铁色，当然父亲没有忘记同时备上一杯热水。墙基是前天用夯夯实了，我没有在场，但我知道父亲又找了大伯家的老大老二，四个人抬一个四五百斤重的碌碡，抬离地面四十厘米，然后同时放手，让四五百斤的碌碡自然垂落，重重地砸在地基上，落地的同时发出“嘭”的一声闷响。很好玩。这项工作只要有力气就能完成，用得都是真力。在提起的一刹那，四个人同时发出“嘿”的一声，这就是历史教科书上说的，人类语言的生成。

打墙还有一项需要小孩子的活，就是在墙头上用脚把垒上去的土踩实，当然大人用力踩最好，可是大人有大人的工作，于是我们小孩子就上阵了。我们非常认真地上去，用小脚踩，脚印是横向的，不能着急，完全是自由的、放松的、缓慢的、认真的，不能东张西望，目光最好随脚走，如果真正熟练可以不看脚下，两眼目视前方。两只手不自觉地就背在了身后，大人的样子。这也许是我们作大人的第一步。

一个整天可能完成，随着时间的推移墙体一寸一寸升高，最后完全遮住人的目光，再上去就遮住了头颅，这是生活的最佳姿势。墙内的隐私墙外的人看不见，不知道，完全懵懂。被墙隐蔽得结结实实。我认为隐私是人的生活的一个必要环节。

墙落成以后，立刻看不到叔叔家了，也看不到叔叔的新媳妇了，她是一个四川女人，长得好看，两只眼睛大大的，立墙是她的主意，奶奶私下里说。后来奶奶诚恳地说我们尊重她的意见，以后她会给我们生下一代。

墙落成以后给我们家带来了生气，湿润的土有着厚厚的颜色，墙面被叔叔和父亲拍得光滑得很，不忍心用手指划。可是在星期六的下午温暖的时光里，我没有忍住硬是在光滑的墙面留下了深深的手指印，事后我就紧张起来，我怕父亲责备，那天晚上我跟着奶奶度过了一个漫长的夜……

春天的打铁铺

我在想，这么坐实的春天里有一个铁匠铺多么好啊！“咚咚”的打铁声穿过铺子的顶棚在春天的田野里回荡多么好啊。那是春天的脚步，是新年的序曲。我这么想的时候就遇上了一座。

我散步时，路过一家打铁铺，陈旧的铺房，屋檐低矮，较小的窗户有几根铁棍别着。而另一端，两个铁匠奋力击打着烧红的铁块。他们要把铁块击打成什么样子，只有老铁匠知道，他们奋力击打着，直到铁块变凉。每次都是这样，用火把铁块烧红，然后迅速击打。我亲眼看到红的铁在击打下变形。这是在日常里看不到的情形，日常里铁就是铁，不改变形状和意志，甚至颜色也不改变。

铁匠是真卖力，汗水顺着臂膀流下来，滴落在落满铁屑的地面上。小铁匠放下大锤时，大锤稳稳地站在大地上，锤柄包了浆，焖红油亮，好看。小铁匠放下大锤就跑到了风箱前拉动风箱，风通过炉灶跑出来，同时跑出来的还有火苗。

老铁匠显然累了，坐在砧子前的凳子上吸旱烟，一只胳膊举着燃烧的烟圈，一只胳膊拦在腰间，眼睛眯起来，有少许的困意，吐出的烟雾在头顶盘绕，头顶上的白发乱乱的，额上的皱纹满满的，一看就知道老铁匠是一个装满故事的人。他胸前的腰布陈旧，油腻，有数不清的黑洞。小铁匠的腰布同样有数不清的黑洞。小铁匠猛力拉动着风箱，风箱有节奏的“啪嗒”声，在铺子里回荡。时间慢慢走着，火苗继续往外喷着，舔着空气不如说是舔着时间。他们的结合是最完美的结合，先前的两个小铁匠因为不能胜任，自动放弃了。

铁块再一次烧红，老铁匠用手钳钳出时飞着火星，小铁匠立刻制止了风箱，匆忙走过来举起了大锤，老铁匠已没有任何困意，铁块在老铁匠的手下随意翻转、变形、变暗，变成日常里的铁。

整个打铁铺在村庄的边沿，在田野的边沿，在春天的内部。整个春天的日子里发出“咕咚”“咕咚”的声音，很轻捷地传到田野里，那些在田野里劳动的人，听着这个节奏干活，不觉得累，像听着上帝的鼓励。

万物葱茏的春天，有一个打铁铺在春天里呼应多么好。它闪闪的铁花飞溅在祖国的大地上多么好，它发出的沉雄的声音，正是我们祖国、我们村庄需要的声音。高亢而不虚飘，坐实而充满催人奋进的潜力。我们村庄的每个人听到这种声音，立刻停止了喧哗，扛上锄头奔向田野。

老铁匠、小铁匠都是本分的人，一辈子心里装着祖国，没有非分之念。一辈子严格要求自己，做对得起祖国的每一件事。每次锤打镰刀时，精力集中打造出我们祖国国徽上那把镰刀的样子，稍微有一点儿误差，就返工重打。有一次小铁匠悄悄告诉我，有一把镰刀返工十一次，我被他们的认真打动了。每次写一篇文章也要修改十多次。我现在几乎能代表我们村庄，我的错误就是全村庄人民的错误，所以我也认真起来。我必须认真，必须对祖国负责，对村庄负责，对人民负责。

多么好啊！一个普通的打铁铺给了我深厚的启示，让我规规矩矩做人，老老实实做事。

我在铁匠铺前站了很久，目睹了一块铁的变化，比如从锄变成镰刀，从镰刀变成一把剪子。

我私下想，一个国家离不开一座村庄，一座村庄离不开一片田野，一片田野离不开一个铁匠铺。

在太阳初升的时刻我离开了铁匠铺，阳光照亮了大地，铁匠铺的门楣更加清晰。

一只孤单的鸟

一只孤单的鸟，在我头顶的树枝上叫，说实话我有心把它驱赶，因为它的鸣叫让人辛酸。

它是一只真正孤单的鸟，前两天它的同伴死了，不知什么原因，躺在了土地上，没有了呼吸，没有了眼神，人们可以任意把它摆动，任何经过它的虫蚁都可以毫无顾忌地从它身上通过。它的翅膀没有了力量，收起了飞翔时的姿态，因为刚刚停止了呼吸，它的胸脯和翅膀的根部还有余温。

它一动不动地仰躺在那里，放弃了它曾经的世界，空中的灰尘正向它扑来。我知道这是每一个生命告别世界的方式。悲哀自然浓烈，但我们必须咬牙面对。

我猜想它一定是它的同伴，现在它不知道它的去向。它一定猜想它的同伴同样正焦急地寻找、徘徊、犹豫，有时面露绝望的情绪。

它没有往最坏的地方想，但它已经预测到，它的同伴有危险的处境，它将永失所爱。

但是它还是期盼它早日归来，像以往那样排除困境，胜利回到它的身边。它们已经相依相偎生活四十多年了，彼此的体贴那么细致，不能用语言形容，它们一心想在这个尘世，完美地生活到拄起双拐，每日清晨，坐在阳台的玻璃窗前，看着太阳升起。

在尘世它们已无牵挂，孩子们健康，为国家奉献着青春。山还在，水在流，岁月无情。

现在，它还是焦躁地期盼着它早日归来，或者已在归途，它期盼它回到它身边，回到春天的孕育中，而现在正是春天，春天里的飞翔是多么慈祥、明亮。

它就这样焦躁着、鸣叫着，嗓子已近嘶哑，双腿接近颤抖，羽毛蓬乱，眼神混浊。从一段树枝飞到另一段树枝，有时由于分心，在转移的过程中不慎，双脚没有抓住枝杈，几乎掉下来，身体倾斜时，又费掉了许多力气，保持了身体的平衡。我看见它慌乱时的无助无奈的神情，其实根本没有神情，那只是本能的挣扎，是求生的本能面对外物所致的慌乱，是不借助外物帮助的倔强，是生命的搏击。是一个具有优秀品质的物种所表现出来的特质。

钝粗、急躁，有时控制不住地失态。这一切我完全能理解，就像理解我自己。有时像一个从失败的战场上迂回逃离的士兵，带着重要的消息。

现在我就在它不安的身影下面的一块土地上劳动，由于它的举动，我的情绪同样不安，我不知道今天是怎样劳动完工的，劳动的场面一片狼藉。

我马上就完工了，我想收工以后，把它带回家给它疗伤，可是当我抬起头重新观察它时，它已经飞走了……

钻玉米地

朋友，你钻过玉米地吗？

玉米一人多高的时候，那是最好的屏障。简单、方便、迅速。在玉米地里蹬在田埂上，拉屎。那么多的玉米遮着你的羞处。你漫不经心地用着力，让时间在你身边滑过。队长拿你一点儿办法也没有，你有了充足的理由耽误集体劳动。玉米们睁着眼看着你，玉米知道你的目的。玉米暂时停止了摇摆，玉米叶子也停止了喧哗。

在现实生活中，很多人选择了玉米地，而不去选择高粱地，不去选择谷子地。除非没有玉米地了，才选择其他。

我年轻时听到过，一个小学老师，把一个女孩子骗到玉米地，进行了侵犯。后来小学老师被公安局带走了。

我还听到过，玉米地里发现了一具死尸，已经发臭。

当然我还知道，二蛋是在玉米地里生出来的。那是他娘快生产时，非要让他爹拉着到他姥姥家去一趟的结果，他爹推着自行车走，让他妈坐在后边，路不平，过一个坎颠簸一下，十个坎还没有过就把二蛋颠出来了，二蛋妈，肚子疼得厉害。二蛋爹知道怎么回事。于是他就在玉米地踩倒了几棵玉米，把二蛋娘抱下来放在踩倒的玉米棵上，让她把二蛋生出来。

民兵连长与戏班子的花姑偷情时，也是在玉米地被人们发现的。

玉米地的故事实在太多了。

甭说人，猪也愿意钻玉米地。生产队时，队里有一头老公猪，每当玉米怀胎时节，就跃过猪栏，跑到玉米地里。一钻就是一个月。吃嫩棒子，吃青玉米秸秆。闹得我们队里的好几头母猪发情时，找不到它。队长急了，队长组织了全队社员围追堵截，结果凶猛的老公猪被逼急了，从一个男社员的腿间猛钻过去，把那个人的蛋子碰了一下，碰坏了，不能工作了。也就是没有功能了。从此那个人就再也不是男人了，妻子一到晚上就给他吵架，队长怎么劝也不顶事，后来队长干脆替那个男人干活了。白天队长还要忙队里的事情，晚上还要照顾她。一个月下来队长面黄肌瘦。一天，突然队长让二蛋把老公猪杀了，把肉分了让大家吃了，猪蛋留给了自己，目的是壮阳。队长也够辛苦了。

甭说别人，我自己也钻过玉米地。那是我把家里的热水瓶不小心打碎了。怕父母指责，就钻进了玉米地。我钻了两天，后来我饿昏了躺在了玉米地边上，被人发现才避免了父母的指责。

后来，我成了正式的农民，经常钻玉米地。钻到玉米地里拔草，为的是让玉米更好地生长。施化肥也钻玉米地。一般情况下不钻玉米地，那是一项很难受的活。燠热的夏天，一点儿风也没有，你的玉米叶子在烈日的照射下，正一点儿一点儿干枯，你心里着急呀，玉米长这么高，不容易。一年的庄稼，耽误不得。于是你就决定浇地。你毫无顾忌地钻进玉米地。这时玉米正在扬花，你走到哪里，哪里就有一群玉米的花粉，袭击你。你在伸手不见手的玉米地里干活，如果劳动的声音不大，很多人不知道你在玉米地里。可是你在玉米地里，通过玉米的缝隙，恰巧看到熟人从路上走过来，这时你千万不要猛地一声打招呼，最好是轻微地咳一声，让对方明白玉米地里有人。然后话该怎么说就怎么说。

说实话，钻玉米地不是好事，是劳动中一项很难受的活。你看，那么多年轻的都跑到城市里了。他们或多或少地都钻过一次玉米地，知道钻玉米地的滋味。他们一年也不回来一趟，就是怕赶上钻玉米地。

二十三岁那年，我真正钻过一次玉米地，那时我正做着文学梦，我钻进玉米地，是为了一次安静的观察。那是一个阳光美好的下午时光，天气不太热，我坐在玉米地的田埂上，观察到，那么多的虫子在玉米地里无声无息地生活着，蚂蚁慢慢爬动，蟋蟀慢慢叫着，没有匆忙，完全是自我，自由的生命状态。它们没有因为玉米的遮蔽感到委屈，阳光也不充足，落在地上的只是数得清的几束斑驳的光影。稀疏的小草的叶片有时正挡在前行的路上。然而，那些小虫从不急躁，缓慢移动着前行路上的阻碍。它们走来走去也许一辈子也走不出玉米地。也就是说，它们永远也见不到广大的阳光，辽远广阔的平原。更不用说见到大海了。它们在窄小的空间里，完成着自己的生育，为自己一个小小的目标忙碌着。或许说不定哪一刻被突然投来的一粒石子击中，命丧黄泉。这就是它们小小的命运，无争，却被意外击中。

有一次，天刮大风，玉米叶子哗哗作响。这时钻玉米地，听不到你弄出的响动。可是，这时你钻玉米地根本什么作用也没有。除非你想看看玉米叶子是怎样发出哗哗的声音的。每一片玉米叶子都在翻动，没有一片是静止的。好像玉米心里有一句话要让一个人听到，其实那个人早就听到了，就是充耳不闻。玉米一生发出声音的机会不多，只有天刮大风时，才是一次机会。玉米把多年的心愿全寄托在叶子身上，让叶子传给叶子，然后让叶子传给整个玉米地，最后让整片的玉米地传给村庄。我们在夜里的惯常失眠就是因为玉米叶子的声音。哗哗，哗哗。整个夜晚全是哗哗的声音，没有一点儿杂音。像水，像大水从村庄的夜晚流过。那个夜晚父亲整整一晚没有睡觉。父亲对着母亲说，我们日夜操劳的农业好像要发生点儿什么。母亲说，你有病了睡觉吧。只有睡好觉了，白天我们才能更好地劳动。我们家村南的那块玉米地你好长时间不去了。去了，不要钻玉米地了，每次钻玉米地都搞得满头是玉米花粉。那玩意儿扎。你就在玉米的边上看看行了。你年岁大了，钻玉米地不小心被玉米根子绊倒了不合适。父亲嘿嘿笑着说，它还能把我绊倒？我侍奉它们一辈子了，它还绊我？笑话！父亲披好衣服往外走的时候，母亲在背后还把话扔过来，别不拿着我的话当事。父亲头也没回，径直奔了我家的玉米地。结果，我实在不愿意说。正是应了母亲的话。父亲被玉米根子绊倒了再也没有起来。最重要的原因是，父亲早就有高血压，不全怨玉米。

晚上钻玉米地，那是我不情愿的，我正在酣睡，妻子把我捅醒，说岗上那块玉米地该浇水了。我实在不愿意去，睡意正浓，一会儿又睡着了。妻子这次不让了，她用脚蹬了我几下，嘴里的语气加重了。我赶忙说，我去，我去。我立刻没有了睡意，拿上手电、铁锹骑上车子就去了，路上一个人影也没有。身旁的玉米地黑咕隆咚，看不清一棵玉米的面目。

我合上了电闸，听到水咕咚咕咚从很深的地下上来，发出哗哗的声音，然后安静地流入玉米田里。现在玉米的果实快要成熟了，我行走时身体不断碰到它们，硬硬实实。真正粮食的硬度。我在茂密的玉米地中移动着，一个人，没有另外的话语打扰，我的思想全部在这里。我一出生就给土地打交道，种玉米、种小麦、种各种杂粮，从来没有厌倦过。每次接触都有新的感悟，让我加倍地热爱土地，让我真真切切地感到土地是我们农民的根。

随着水流我向深处走去，只要一安静下来，我就能听到水滋润土地的声音，细细的，缓缓的，一点一滴的，没有相排斥的声音，完全是融合、均匀的、和谐的，然后是一体的。安静的夜晚除了水流声，就是蟋蟀的歌唱，一只蟋蟀累了，休息了，另一只马上迅速开始。你找不到它们的具体位置，不必确定它们的位置，它们就在大地上，几十年了，甚至几百年了，蟋蟀一直都没有停止对土地的赞美，它们穷尽一生的精力为土地歌唱。庄稼就是因了这赞美的歌吟，才少了寂寞、孤单。

跟着水我渐渐进入了玉米地的纵深处，也就是平原的腹地，夜还是那么深沉。玉米们还是那样挺立着，谁也不睡觉，都睁着眼睛，一旦发生意外，一呼百应。谁也没有睡意。没有一棵因为站久了，困乏了，或者一个趔趄晃动了一下。它们是世界上最庞大的队伍，纪律严明、着装统一、威武雄壮。世界上没有一种队列站得能像他们那样整齐。我在玉米的丛林中穿行着，谁也没有故意拦截我，我走过时，它们稍微收回手掌，走过后，它们又把手掌伸开。在广大的平原上，我觉得没有一个人高过玉米，因此任何人的傲慢与狂妄都是微不足道的。一个逃犯落入玉米地甭想逃脱，一百个逃犯他们也是同样的下场。

在黑夜钻玉米地你会觉得整个平原都是你的，那么多的玉米包围着你、保护着你，是你强大的后盾，任何敌人都不能伤害你。即使你走在万人拥挤的城市也没有人敢排挤你。你是有底气的，因为那么多的玉米都是你坚强的依靠。

玉米是懂事的庄稼，它知道一生报答谁，它知道在最困难的时候谁帮助了它，给了它生命的延续，它绝不会在无人的夜里离你而去。

玉米的果实，无论你是商贾还是乞丐，无论你是国家干部，还是平民百姓，任何人都可以分享它的芳香。

夜不知深到什么程度了，天空里出现了月亮，明亮的月光照着玉米地，照着广大的河北平原，也照着小小的我。

有时我们的劳动场景是一幅油画

有时劳动会产生神奇的效果，比如在秋天收获玉米时，其中一部分玉米被砍倒而另一部分玉米还站着。刚砍倒的玉米还青着，还脆着，玉米本身还以为站着。我的意思是被砍掉的玉米还没有死亡，青禾的气息充满收获过的空阔的夹道，而下午的太阳斜斜地把光芒照过来，照着放倒的玉米和站着的玉米，但它们各自反射太阳光芒的明亮程度不同。站着的玉米因为幽深，光线显得暗淡，倒下的玉米则直白地反射着太阳的光芒。现在我是面向东方劳动，因此太阳的光芒就一直照着我的背影，尤其是屁股的部位，因为我是一直把腰弯下去的，包括我的妻子。如果累了我就站直身子休息片刻，稍后继续弯下腰去，继续劳作。我右手拿着镢头，左手扶着玉米棵，然后右手用力把足有十多斤的镢头循环抡起，劳动就是这样无聊，节奏一样，没有起伏，因此没有人愿意劳动。我们天天劳动也是没有办法的事，没有其他的本事，只能甘于寂寞。

我在前面，累了就坐在田埂上休息，我不吸烟，这时我就有足够的时间看我的妻子。她非常耐心地把我砍倒的玉米秆上的玉米掰下来，精力很集中，没有其他的念头和思想，我发现她的脸上也有了皱纹，她也老了。她跟了我三十多年了，心里一直期望着过好日子，可是已经三十多个夏天秋天过去了，我们家的日子还是老样子，不同的是我们的头上都添了白发。她时常埋怨我，笨蛋，无能，不过平时还是那样安分守己默默忍受我们平凡和劳累的生活。我确实没有办法让她过上富有的日子，没有当官的亲戚，没有当老板的朋友，又没有特别的技术，甚至垒砖抹墙盖房子的活都干不了，而且我平时又胆小怕事，看见别人有新的农业种植，也不敢盲从，总是观察，等人家发了财再种已经晚了。我确实是一个无能的人，有时站在妻子面前都不敢面对她，心里很愧疚。结婚那时我曾响亮地答应她一定让她过上好日子，三十多年了，我们的日子还是平平常常，花钱时手在口袋里攥着几个钢镚儿思来想去，最后还是心情沉沉地离开。我们几乎没有买过新衣服，她结婚时的一件衣服已经穿了十几年才扔掉，扔掉时我又重新捡起来检查了一遍，看是否真的穿不了了，我的穷酸样你看见了也生气。好了不说这些了，都是过去的事情。

妻子的身后已经有一片刚剥下衣服的玉米棒子，因为有绿绿的玉米叶子的陪衬那些玉米棒子更显好看，一个是稚嫩饱满，另一个是在阳光的照射下晶莹透亮。我心中一阵暗喜，因为这些玉米在我们家除去一年的口粮外，其余的全部卖掉，换来的钱除去生活杂花外，还供孩子们上学，几十年里我们都是这么干的，生活也算顺畅，孩子们大学毕业以后进了城，我们的日子也开始有了起色。置办了几身好衣服，新衣服只有进城看孙子时才舍得穿，有时参加同学和朋友们的婚礼穿一下，因为穷惯了，心里一直认为我们还穷着。有一次我发狠给妻子买了一盒化妆品，妻子的脸上并没有露出惊讶的神情，可能是被生活磨砺得已经失去了追求美的勇气和信心。现在终于好了，党的政策好，种植自由，还给土地补偿金。

我的脑子可能想得太多了，占了劳动的时间，妻子抬起头看了我一眼说，怎么还不干活，太阳快落山了。我从远处收回思想站起身来，这时感到浑身无力，腰也酸疼。毕竟年龄大了快接近六十岁的人了。我把疲倦的胳膊向高处伸了伸，又做了几个转圈的动作，又拿起镬头继续劳动。因为天气向晚，一些小虫不知从哪里飞来，它们在玉米地里飞来飞去，还有的因为没有翅膀，在地面上蹦来蹦去，有时它们的蹦跳撞击到我的手臂，一点儿也不痛只有些许的痒，有时我还期望它们再一次撞击我的手臂，甚至我期望它们能够撞倒我的脸上。它们也是没有目的，随着我的前进它们后撤，这种动态的美极富有诗意。我很熟悉这些小虫们的生活习性，没有阳光的时候情绪低落些，有阳光的时候情绪高昂。没有活干的时候我就来到田野里看它们，它们也因为我的到来显得兴奋。也许是因为从来没有人这么用心地观察它们并给它们投去热情的目光吧。

其实我觉得我们在土地上劳动的场面，就是画家的画作资源，我十分推崇老画家铁扬的作品，他的画作基本是反映乡村农人劳动的场景，极具生活气息，真实而不虚拟。我曾站在铁扬画展面前流连忘返。多么好啊，我们整天生活在画面里而不觉，当那些有心的艺术家用画笔重现我们劳动的场景时，我们都会情不自禁地惊讶起来。呀！这是我们吗？这么田园这么富有诗意的场景，为什么我们就感觉不出来呢？秋收完成以后，那些金黄的玉米被运输到房顶上，大地被一场一场的秋风扫过，树上的叶子开始落地，不时有怀有小心眼儿的叶子落在我们的脚边。我们开始感叹起时光的短暂和无情，满天飞舞着落叶，而落叶没有悲观和遗憾，任时光裁剪，又没有目的，落叶完全明白其中之意，无论落在哪里都是落在大地的怀抱，然后随着时光的流失和风的吹拂隐身不见，直至彻底消失。我想大地上的任何事物都是因了时光流失，因了风吹，出现，消失，再出现再消失。这就是世界的客观真实，这就是人类往复不灭的规律。

孩子们一再催促我们进城，可是对于一个在乡下生活了快一辈子的人了，怎么能适应城市里那种鸽子笼式的生活方式？往往是在城市里住上两天赶紧往回跑，时间久了就会感觉浑身不舒服。

村庄里有我们的土地，有天天见面的乡亲，有夜晚的宁静，有月光明亮的笑脸，有一组组劳动的闲暇打牌下棋的阵势，当然更有我们熟悉的鸟鸣和时常吹过我们身边的春风。

看来我们是永远也离不开土地了。

第三部分

村庄的证词

村庄的证词

有一次我的儿子回村，他突然说出一句话，他说村里慢慢就没有人了。当时我听了很是气愤，村里这么多人，怎么就没有人了。但转而一想，儿子的话也许是对的，他从来没有说过空话，他站在他的角度，一定看到了什么。他一定看到了空，看到了消失，看到了正在消失。马没有了，牛没有了，羊少了，鸡没有了。这是实实在在的情况，我怎么没有想到呢？我整天忙我的事情，没有注意观察。

我的心里立刻升起了一种悲哀，我的儿子走在我的面前，他穿着城市里的服装，走着城市人的步伐，脸上透露的是城市人的表情。这真是没有法子，儿子大学毕业进城没有多少年，就完全融入了城市。他的思想、意识、观点，尽管我反对，有些问题我们的意见根本不一致，最后还是按照他的思路走下去。

是呀，没有几年村庄里多了一百多辆小汽车，都是那些后生回家看父母的。我们在，他们为了尽孝经常回来，我们不在，他们回来干什么呢？仔细想想儿子的说法是对的，儿子站在了一个高度当然看得远了。我的心不由阴沉起来。是呀，再过几十年，我们这一拨人老去死掉，村里没有人了，村庄还叫什么村庄，这里将成为一片废墟，房子自动倒塌，树木干枯，石器会湮灭。

从此在劳作之余，我开始寻找起村庄的证词来，我花费精力寻找出那些在我们村庄生活过的石器——碌碡、石碾、喂马槽、门墩、磨刀石、水缸……

我知道石头的生命比铁长久，它不受时间的侵蚀，这些东西过去多得是，为什么我要找的时候就不见影子？是否一个比我更有心的人提前收藏了？他想在我们垂暮之年，垒砌一座石头的庄园？

这时，我才立刻想起村庄里经常有一个买石磨、石碾的人，他的眼光真独到啊，在我们浑然不觉时他竟然已经明白了一切。这就是人与人的不同，智者与愚人的区别。

我想了一个别的法子，我让儿子给我买了一部照相机，我要把村庄的房屋街道、老树、仅有的几只山羊全部摄入我的相机，存进电脑，我相信电脑是一个永久的东西，是一个了不起的家伙。我还要把我的父亲、邻居、书记、村主任的影像都拍摄下来。是呀，儿子说得完全正确，尽管现在谁家的房屋盖得都铁壳一样，装饰得清明瓦亮，但空房有多少啊！下一代都是有文化的人，拥有技术的人，农业本身都是辛苦的，人都是本着付出少收益多的境况走着，农业完全机械化的道路必须要走的，这是社会历史的必然进程，也是城乡一体化的具体表现。

我已经拍摄了上千张照片，有的人不理解说我精神出了问题，我的相机对准他们时让他们反感，并且还臭骂了我，说我是吃饱了撑的。我提前知道了事情的严重性，他们还在混沌中，也许他们早就愿意村庄消失，消失了也就干净了，种了一辈子地，种够了。

我希望我能留住村庄的影子，在几十年后很轻松地想起我们生活过的地方，那里有我们生命的根。

孤独的村庄

冬麦种上以后，人们陆续离开村庄，只剩下老人与幼童。

冬日空阔的田野，由于阳光的独自照射，显得更加空阔。空阔得有点儿孤寂。只有飞鸟在空阔里自由地飞。麦苗弱小地生长着，寒风吹拂着它们的身体，田埂独自孤寂着。很少有人到田野里来。

走掉了村庄百分之八十的人，村庄自然冷落了。一些院落柴门紧闭，院子里杂草开始疯长，有几棵杂草高过了人头。只有屋檐像一位慈祥的老人，俯视着院落，期望有人光顾。然而这期望总会变成失望。

我是一个耐得住寂寞的人，固执地拒绝了孩子们的请求，坚守着村庄。有时我的孤独大于村庄的孤独。我就一个人沿着村庄几乎荒芜的道路前行，没有目标。有时也许会突然停顿下来，蹲在一处高处，望着田野出神。

那时宽敞的道路上，挤满了羊群，牧羊人高声吆喝着，夕阳把羊群送回栅栏。羊群过处留下浓重的羊膻味与羊的褐色的粪蛋。牛车与人力车穿梭着，往田里送粪肥。十几个人拉一辆胶皮车，车上装满货物，人们不是很用力，只有遇上上坡时才奋力一起用力，大部分人的脸上是笑着的，这就是集体劳动的优点，没有烦恼。在劳动的间隙，有几个激情高涨的人会摔起跤来，一旁的人都会鼓掌、吆喝。一方被压下去了，另一方不服挣扎着，反抗者想扭转败局，可是站在上风的人，坚持着不让对方成功。这一切热闹好像就在昨日，我一定神眼前依然是空荡与孤寂。我孤寂地继续往前走着，眼前是砖窑厂，一个三十多米高的烟囱直直地伫立着，它好像没有孤独，一直坚持着，我知道它坚持着什么。一只麻雀在它的顶上站了片刻就飞了下来，我知道麻雀也受不了那里的孤独。整个砖窑厂一个人也没有，到处是砖块，由原先通红的颜色变成了暗红。生命力强的杂草从砖块的缝隙里长出来，并将腰肢伸展在空气中。无数窑口张开着，像一张张恶口，无人敢进去，好像要吞噬的样子。实际上它并不要吞噬什么，只是受冷落的时间太长了。我想在这个世界上任何受冷落的事物，情绪都不好。我的邻居就是一个装窑出窑的，因为弟兄过多，家里实在贫困，找媳妇都很困难，他就选择了这个扎实的工作，他相信只要自己坚持干十年准能找到媳妇，他的愿望最终在这里实现了。一个在这里打工的四川女人，看上了邻居的吃苦耐劳，就嫁给了他。婚后，他们过得很幸福，因为都能吃苦。他们两个一直在这里上班，不知流了多少汗，用挣下的工资养育孩子成人，然后又考上大学，如今他们老两口已经跟着孩子到城里享福去了。真是一分辛苦换来一分甜。

太阳升高了，阳光照着这里的一切，明晃晃的。加深了这里的清寂，我想我应该走了，离开这里到别处去。走时被地面上一个很久的也很深的拖拉机的车辙绊了一下。但，我还是想到了二十世纪八九十年代这里人来人往，扣坯子、运输的繁忙情景。那个叫三儿的窑主站在窑顶指挥着车辆。转眼一切就不存在了，随着时间的流逝一去不返了。时间真是让人捉摸不透，它可以让一个地方繁荣如商场，也可以让一个地方孤寂如墓地。

我离开了这里，离开时脚步不知不觉沉重起来。路上我遇到了费叔，费叔赶着他的马车走在路上，我张口便问，费叔，你到哪里去？费叔并没有回答我。只是说，春明你在这里干什么？我也无法回答他，很可能我们两个一样的心境。我马上转移了话题，我冲费叔喊，夹子哥最近回来过吗？费叔回答刚来了电话，说，过几日回来。夹子是我同学，他学习好考上了北方交大，毕业分配到了省城。不止一次要费叔搬过去，可是费叔总是一推再推，有一次夹子突然开回了一辆卡车，要装费叔的家什，被费叔骂得狗血喷头。后来，夹子没有办法了，就时常给我打电话让我照顾着点儿费叔。我知道费叔的心里不服。他一生喜欢弄马，那时家里喂了两匹枣红色的马，在马脖子上还系了铜铃，马一走就发出叮当的铜音。费叔坐在高大的马车上，那是多么威武英俊呀。马鞭攥在他的手掌，但从不抽在马的身上。只是象征性地摇摆一下，马就知道了他的意思。马走路时的节奏，让费叔的身体随着节奏摇摆。费叔的姿势真是漂亮极了，再加上他的容光焕发，就是村里最好的车把式。那时村里谁家的地也找费叔犁过、擦过。可如今那些地哪里去了，那些人又去了哪里。仅仅几年时间，一切变成谁也想不到的样子。

费叔赶着他的马车离开了我，费叔不是在赶着马车，费叔是坐着马车，任他的马把他拉到何处。我真不知道他要去哪里，我只看到费叔坐在车上快睡着的样子，阳光惨白地照着田野，照着田野里唯一的一驾马车驶向远方，渐渐费叔与他的马车的影子越来越小，直至看不见时我才转回身。

我沿着来路往村庄的方向走，阳光正好照着我村庄的门面。整齐的房屋，整齐的街道，没有孩子们的欢呼，没有卖豆腐的吆喝声，没有锔碗的、锔盆的，没有爆米花的，没有理发的老孙头的身影，没有修理钢精锅的叫喊声，没有热烈的鸡鸣狗叫，没有……不该消失的也消失了，没想到消失得这么快！在村子的边上有几个晒日头的老人，他们的情况我都知道，有的是不愿意进城跟着儿子，有的是光棍儿，有的是儿子到外面打工去了，自己留在家里照顾孩子。那几个孩子我见过，黑不溜秋的，没有上学，身上的衣服好长时间不换一次，头发蓬乱。

村庄里所有的表情都是呆滞的，房顶、树木、烟囱、碾子、井台……我低着头，用缓缓的脚步走过短墙，多么希望从隔壁忽然冒出几声喳喳的童叫声。在短墙的拐角处是一家辘轳井，这是我非常熟悉的物件，上面没有缠绕着井绳，即使有也会断落。我说不清井架的木质，反正那个时代喜欢笨槐木的，笨槐木无论放在哪里使用都让人放心，它的笨拙与结实，以及它绝不会蒙人的特质，让乡下人放心。我猜想这架辘轳也是笨槐木的，因为这么多年，它一直不腐朽。腐朽的只是表皮，能看出岁月的咬痕，因它的坚硬，时光在它那里费了大劲儿。很深的裂缝里有厚厚的尘埃堆积，一点儿也不影响它的内质。辘轳头的油亮已变成了毫无光泽的标本，仿佛等着一个资深的考古家。它一言不发地静默在半空，等谁谁也不来到。它的眼下是一眼井，眼睁睁地望着辘轳上面的天空，它肯定没有水源了，因为很久没有人从这里汲水了。有没有水做一个实验便知，我故意用脚踢下去一块砖头，立刻发出“扑通”的一声回声，沉闷、钝粗，没有水被迫挤时的明亮声音。井台也干燥得实在让人扫兴，井台的砖缝中有沉潜多年的草籽与麻雀干枯的屎粒，屎粒上尿酸盐的白色，已经固化。它的硬度足以揉破指肚。

由于沮丧，我想绕过它去，不去看它。可是办不到，不知什么力气支配着我的双腿不自主地走过去，并安然地蹲下，伸出手去抚摸它沧桑的表情。

那盘石碾就在十字街头，它的一侧已经斜了下去，碾框早已没有，碾盘的中心一杆铁柱黑黑地竖立着，那是联结碌碡的地方。碌碡在碾盘的一侧黑黑地躺着，为了防止它下滑，村里的老人用砖块阻止了它下滑的道路。上面有数不清的鸟屎，鸟屎上白色的尿酸盐已干枯。这里曾经是我们夏日的夜晚纳凉的地方，我们好几个孩子，坐在上面聆听大人们讲故事，讲到开心处，朗笑不止，笑声在黑夜里传得很远。有的大人讲鬼故事，讲得黑夜宁静，人们屏住了呼吸，仿佛大声鬼就会来了。但是，在回家的路上就格外小心了，时常回忆鬼的样子，害怕鬼会跟着自己回家。有的忍不住夜深就睡着了，睡得死猪一样，什么也不怕了。如今这些欢乐、这些游戏都到了哪里？它们消失得太快了，无迹可寻。

我不知道今天的心情为什么格外糟，我从来没有遭遇过如此糟糕的心情，路过那几位老人时，我也没有搭话就直奔了村里，这是我平时没有的行为。

童年的欢乐消失了，伴随其消失的还有场院，场院上的劳累和风吹，以及场院上清晨的潮湿。打铁铺也消失了，那种在田野里就能听到的大锤敲击铁的声音，像大地的鼓点，以及铁块被炉火烧红时的羞涩，还有打铁人休息时，大锤垂直站在打铁铺的地上等待的样子多么令人留恋啊。当然同时消失的还有碌碡、石碾、砘子、耧等，大概能数到一百样了。为了留住村庄这个名词，我想必须留住证据，即使那些走在消失的路上的证据，我也要把它唤回，我要还原一个真实的村庄、饱满的村庄、滴水的村庄、热火朝天的村庄。让后代一眼就能看到和理解我们曾经生活的艰辛和艰辛中包含的快乐。

寻找场院

我不知道为什么，寻找场院的渴望，在心里如波浪般急遽地翻腾。

一个春日的上午，太阳高照，微风习习。我穿着旧衣服前行了，一个冬季的郁闷心情开始缓解，我向着场院的方向走去，场院究竟在哪里？我已经记不清了，只有模糊的断续的记忆，我努力拼凑。我路过的地方都是年轻人，他们对场院一无所知，场院对他们也是完全陌生的一个名词，他们在自己的词汇里生活，比如汽车、彩票、MP4、CD，因此指望他们找到场院的位置是不可能的。渴望见到老人，他们是诚实的，他们有时愿意在没有对话机会的场景中迫不及待地抓住机会，告诉你他们知道的一切，尽管记忆有时模糊不清，他们也愿意倾尽全力去打捞一下曾经真实存在过的记忆。可是老人们，到避风的地方晒太阳去了，沿途根本没有老人的影子。

那么就沿着自己的一点儿记忆轨迹走下去吧，片段的记忆有时也给人们提供最靠近的目标。

田野一片绿色，麦苗一茶杯高了，葱绿的麦叶在微风的吹拂下，欢快地舞动着。到处是麦苗。到处是笔直的田埂。让你不知在哪一部位卸下记忆栅栏的哪一根木条更接近目标。你漫无目的地在麦地的边缘徘徊着，脚上的运动鞋已被麦苗染绿。

你低头徘徊着，努力从记忆的海底寻找着可疑的部分。照相机在胸前待得有些不耐烦了，你不停地抽烟，或许这样能复苏一点儿记忆的碎片，真似大海捞针。你拼全力打捞一丝的蛛丝马迹，比如一根铁齿、一段耙柄、一块在场院使用过的石头。木质的东西易朽，想从这里打开久已关闭的时光之门是不可能的。排除这条线索，只能从耐得住时间磨损的铁器、石器着手，只能沿着这条线索走下去才有希望。于是，你擦亮有些蒙尘的眼睛，沿着偌大的平原绕走着，一圈、两圈、三圈，像一个固执的考古学家，腿走得有些肿了，一点儿迹象也没有发现，你简直有点儿失望了，有时你自笑起来，自笑自己的天真，净干一些无用的事情，你想下决心折身返回闹市。

突然被脚下的一块什么东西绊住，你差点儿摔倒，身体前倾，照相机的摆幅在胸前剧烈地增大，同时身上的一根筋猝然抽动。你站定身体，俯下身来看了一眼，是一根锈得看不清模样的半截旧拉线。你实在不知道它能给你提供何种关于场院的信息，也就漠然地离开了它，开步还没有十米远，你突然惊喜起来，自言着莫不是固定打麦机的那根拉线。打麦机劳动起来由于抑制不住内心的激动就不安分，就狂热地跳动，于是你和老队长就想了这么一个法子，把搁放在仓库里的一条旧拉线取出来，用在了这儿。如今能够准确证实记忆的老队长已埋入尘土，只有靠你自己的记忆去完成整个操作过程。你又折身回返，蹲下去并匆忙地掏出手绢擦拭拉线上面的锈迹，锈迹是擦不掉的，随之而下的是一层尘土。这就足够了，去掉尘土的拉线已完全能显露出它的本来特征，它是粗糙的，而且有八根半钢的铁丝凝结。老队长和你动用它时费了很大的力气，许多的社员拍打着干燥的麦芒，坐在还发烫的麦秆上面休息，他们不时望一眼你和老队长的匆忙，有几个社员围观着你们，指手画脚，被老队长一顿呵斥。半个小时后你们彻底完成了作业，继续打麦。社员们怀着还想休息一刻钟的想法，不情愿地行动起来，旁边老队长大声地吆喝着，场院又一阵灰尘四起。

记忆再一次证实了这根拉线的确切性，你有些惊喜，并用手攥住拉线的一端用力往外拽，深埋于岁月的拉线不是那么容易松动的，除非你有足够的理由。无论你怎样用力，拉线就是不往上走，它好似在拒绝着人们现代的生活方式。田野上一个人也没有，你无望地看着这根再过几年就有可能消失的拉线，同时也感到庆幸，你还是提前到来了，再拖几年你就会彻底绝望，像一个永远找不到母亲的孩子的绝望，两眼噙泪，面无表情，沮丧地望着前方。

你放弃了拉线，开始沿着它所提供的脉络，在麦田里左右步量着，并用目光圈着场院的面积，是的，就是东西的长度大于南北的长度。西边紧挨着一眼水井，如今水井已经不存在了，东边是通向村庄的大道。

整个场院的轮廓清晰地在你脑海里透映出来，哪个方位放着大豆，哪个方位堆放着高粱。三个碌碡的位置，以及防火缸的位置都清晰无比地出现了。你凭着逐渐清晰的记忆，一一安置场院的具体内容。突然场院在你面前恢复得那么具体，就连人们的笑声也复原了。你激动的心情开始平静，你一时没有了主意，竟无端地端起了照相机，而后又无端地放下。你有一种物归原主的喜悦，你复原了一次炎热的夏天打麦子的情景，对麦垛的喜爱，是其他的事物无法相比的。

一个旧鸟巢

不知道什么时候猛一抬头，村庄的树木稀疏了，只有零星的几个鸟窝随风摇摆，没有生气，任风摆布的样子。与十几年前大不相同，那时树木葱绿，鸟巢隐藏在枝叶里，我们抬起沉重的头颅辨识，听到了大鸟哺育小鸟的呢喃声，为了揭开庐山真面目，我们情急地用双脚踹树，渴望看见鸟的身影，可是那些茂密的树叶故意难为我们，左右覆掩着那个迷人的鸟巢。大鸟肯定知道我们的企图，毫不作声，用爱镇静地守候着雏鸟。然而我们的头脑里一个夏季装着这件没有破译的事，不过有时间我们重复着第一次的行为，希望有运气，可是整个夏季我们是多么失望，以致影响到我们的学习。这种期盼一直延续到大地草衰落叶黄，树叶掉光了，只剩下深深的鸟窝，我们怀着特别兴奋的心情来到树下，鸟儿已经飞走了，剩下了空空的巢，立刻我们当中有人发出哀叹。空空的鸟巢略显孤独，但我们的到来给鸟巢带来了兴奋，鸟巢俯视着我们好像嗤笑我们这一群笨蛋。我们沮丧地离开这里，梦破灭了，不知谁突然说了一声，明年还有机会，于是那个还未走远的梦重新回来藏在了我们脑海里。

这是我童年的记忆，也是真切的一个事件。现在，鸟巢一年比一年稀疏，没有人再像我们一样傻傻地观望、期待。因为现在儿童们的玩物太多了。他们玩不厌，玩不够。我没有办法让他们喜欢上一个没有任何色彩的破鸟巢。鸟巢非常规则的圆形，以及它的茂密和黑都属于我们，还有它在风中摇摆所引起的危险也属于我们。

我是一个勤劳的农人，每日活动于田野，即使在严寒的冬季，我也会坐在一辆牛车上，慢悠悠地纵横于田野。赶车人是我的邻居，是一个具有很深文化功底的人，他同样热爱土地，热爱村庄，他创作的乡谣令我肃然起敬！我们毫无目的地穿行于田野，毫无目的地观察着周遭的事物。

一阵一阵冬天的寒风吹起的蓬蒿在大地上滚动，我们谁也没有猜测村庄的未来，我们只是感受着寒冷对村庄的袭击，对大地的刻薄与冷峻。黄昏的村庄往往使人更加依恋，我们就出生在这里，在这里开垦收获、孝敬爹娘、养育子女，我们想到的是一辈子或几辈子生活在这里，谁也没有离开这里到别处去的想法。这个不成熟的想法一出现，理智就会斥责我们，我们没有充分的理由，因为土地年年给我们带来丰收。

我欣喜的是我二舅是一个巧匠，在冬季闲下来的时光，他就坐在阳光照耀的屋檐下编织鸟巢，村庄里还没有第二个人有这个设想。一个暖暖的下午，我来到二舅家，看见二舅正托举着一个刚刚编好的鸟窝在阳光里观察，二舅是严肃的，没有一点儿戏谑之意。看见我走过来，二舅说，咱们把它放在树枝上吧。我听了二舅的话，举头寻找可以安放鸟窝的树枝。看了半天都觉得不合适，我突然问起二舅，这样的鸟窝鸟喜欢吗？后来我想鸟肯定喜欢，因为它带着二舅的爱意和体温。最后我决定，我们还是等到明年的春天放在发芽的树枝上吧，这样鸟看到了不至于显得突兀。

在冬日旷野的树上，我发现过几个鸟巢，它们是用钢丝做的，这真了不起，但从另一方面说明树木的确稀少了。钢丝没有树枝的柔韧，钢丝冰冷不保存体温，我理解这也是没有办法的办法，我想刚刚孵出的幼鸟也不会喜欢这个钢丝床。这是我没有想到的，社会在变，人和鸟的生存状况也在跟着变，不变就是死亡，就是绝路。看起来鸟的思想也是与时俱进，我苦笑着摇摇头。

打 铁 铺

三个人，喜，庆，训。

喜把炉灶烧得通红，铁在里面烧得快要化了，训在一旁双目凝视着，手握着大锤柄，锤柄光亮，锤头很重地落在地上，随时都有可能将之抡起来，十八磅的大锤不是哪个人都能抡动的。训生得黑实，个子高大，干什么好似不费力气。庆，是把式，提着一个领锤，领锤的重量不及大铁锤的四分之一。

火候到了，风箱停止，庆，迅速用一把长长的铁钳子把一块烧得发白透亮的快要化了的铁夹出来，放在铁砧上。砧子有两个，一个平整，一个凸圆形。通红的铁，放在砧子上被喜和训的大铁锤猛烈地砸着，发出重重的咕咚声。喜的锤举起，训的锤下来，配合得很默契。庆的领锤，很多是空锤，哪一部分需要用力锤时，庆就把领锤敲过去，随后大铁锤就跟过去，领锤像鸡啄米一样迅疾，喜和训的大锤一步不让。烧红的铁随着他们的意图变形着，变成一把锄、一个三齿、一副镐的雏形。红铁随着时间的流失，红色逐渐消失，露出铁的黑色，硬度越来越大，喜和训的铁锤实在无能为力了，庆的领锤还在铁砧上猛敲着，发出咣咣的悦耳声，喜和训的大铁锤抡圆了，落在铁上发出重重的声音，震得周围的地动。站在旁边的人能强烈地感受到，庆的领锤停止，喜和训的大铁锤随即停下来，他们两个的额上汗珠明亮。庆又用长钳，将冷下来的铁重新放入炉内，喜还没有喘息一下就又走到风箱前烧起来，炉火的火苗由小变大，后喷射而出，随后便热烈起来，火舌四窜，从盖着的瓦下，舔着周围的空气。风箱发出的扑嗒声听起来很舒服。他们三个都系着帆布围腰，帆布上面有无数的小黑洞。

举一反三，一把锄、一个三齿、一副镐便逐渐成形，逼真。一件成形的农具就这样被制成。庆满意地钳到一边，新鲜的农具干净，并发出铁的味道，上面有被锤打过的明显痕迹。

我不止一次地观看过这种场面，有时极度兴奋的铁花飞溅到衣服或鞋子上迅速烫出一个黑洞，便马上逃离。

他们三个人整日在生产队院的两间破屋里打铁，整日发出重重的“咕咚”声，破屋的一角堆满了成品，一排锄头，一排三齿，一排镐。够量了就送到供销社的门市部，适当的部位都打印有一个“工”字。无论你在哪里看见带有“工”字的农具，都是化皮公社曹家庄第五生产队的打铁铺打出来的，笨重、结实，很少损坏。

他们三个人很有兴致地干着这一行，日工十三分，比其他社员高五分，而且有开水喝。打铁的声音，田野里劳作的人们很容易听到，习惯让很多人忽略了这种声音，继续着自己的活路，并谈吐着各自的心事。

有时活紧，他们三人连夜干，打铁声在村庄的夜空盘旋，有人心烦地听着这种声音失眠。随着时间的流逝，一村子人习惯了这种声音，习惯让人听起来不太烦躁，有时很舒服，像脉搏的跳动，使血液畅快地流淌。

散队以后，打铁铺也散了，各自为生，有很多废铁在打铁铺放置了很久，那种重重的咚咚声再也听不到了。

现在他们都老了，留了胡须，训去世了，谁也不再提打铁的事。

舅舅的马车

一九八五年舅舅有了自己的马车。拉车的马是一匹栗红色的马，这匹马一来到舅舅家，仿佛这早就是自己的家，熟悉，不打结子，谁摸也不反感。因为这，舅舅也极力爱护它，他们好像天生有这个缘分，你答我应，劳动时配合相当默契，什么时候用大力，什么时候用小力，都恰到好处。那个马鞭简直是一个摆设，舅舅从来不用马鞭抽打马，他只是在空中晃，马看到马鞭的影子就心领神会。

自从有了马车，舅舅的年龄从五十岁仿佛一下子降到了三十岁，神采飞扬。此前我从来没有见过舅舅这么开心，他五个孩子，整天忙碌于过日子，哪有时间乐和。那时已分田到户，舅舅还包了十亩沙滩地，舅舅的脸上整天是忙碌、焦灼。五个孩子要上学、盖房、娶媳妇，对于没有任何手艺的舅舅，肩上的担子是多么沉重啊！在我的目光里，舅舅整日拉着自制的小拉车往返于沙滩地与村庄，它们之间的距离是六里地，一趟就是十二里地，一天跑两趟就是二十四里地，甭说干活了，就是光走路就把你累得够呛。

拥有一辆马车肯定是舅舅梦寐以求的。可是那些负担小的人家，很早就拥有了马车、牛车。他们衣丰食足，过着小农经济自给自足的快乐生活！我看见过他们的马车路过舅舅身边时，舅舅偷眼望他们的情形。舅舅的目光里充满了羡慕、渴望。

舅舅爱自己的马车，把心思全放在了马车上，没事的时候就梳理马毛，还从集市上买来红绸系在马头上，马是有灵性的，它知道主人爱它，也回报于感情，用头摩擦舅舅的胳膊、胸脯，还用舌头舔舅舅的肩膀。舅舅因为太爱他的马了，劳动的时候舅舅从来不坐在车上，紧跟在马的身旁，马走多远，他就走多远。就是这样一辆马车给舅舅拉来了四房儿媳妇，送走了一个女儿。

现在舅舅的马车就放在院子的西南角，马已经没有了，但马的雄风还在，舅舅已经九十多岁的高龄了，时常迈着碎步来到马车前伫立良久。舅舅想什么我们也许能猜测得到，但他对马车的感情是难割难舍的。我的三表弟很早就要把马车拆散当柴火烧掉，他的话一出口就引来了舅舅的怒火，舅舅绝不允许在活着的时候，看到三表弟毁掉马车。

随着岁月的流逝与浸染，马车已没有了往日的光彩，它的辕子已有裂痕，车底已经脱落，车帮上的大铆钉已经黑缩了，马套已经旧得仿佛一动就会断开。偶尔有几只飞窜的麻雀在上边站立。整个马车就剩下一副骨架，还好马车是站立着的，看一眼就能感觉到马车的灵魂还在，如果多看一会儿你就会感觉有马呼啸而来，你会有躲闪之念。

这驾马车的魂魄已镶入我的灵魂，因为在孤独的童年没有玩物满足我们的好奇心，就只好接近马车，放学了或夏日暑热的傍晚，我们像小鬼一样飞跑着奔向马车，我们毫不迟疑地趴在马车的尾部，任马把我们拉向辽阔的田野。我们呼喊着、雀跃着，马车就是我们的天堂。舅舅从来不反对我们这样，反而加鞭让马车走得更快一点儿，让我们体会到了速度带给我们的美感。

由于马车常在，我一有时间就去舅舅家，站在那驾越来越小的马车前思考一会儿，我产生了一个新的想法，我要建一个博物馆，珍藏这些马上就要永远离开我们的事物，把它们挽留下来，让我们的后代参观，了解我们的农耕史，知道粮食的来历。

一块犁铧

我漫无目的地走着，偌大的平原，偌大的田野，它温润的土层下面说不定埋藏着什么。我二十五岁上与伯父一起在曹家坟那块地里劳动发现了一块锈迹斑斑的犁刃，它已完全失去了锋芒，好像一个病人丢失了灵魂，更像一个瘸腿的士兵刚从战场上下来坐在田野里的一块土上休息。此时他已经完全没有了战斗的欲望了，战争的残忍让他彻底骨寒，此时他想的一定是马上回到妻子身边，安心种庄稼，颐养天年。

犁刃的尖已经钝得厉害，再加上厚厚的锈斑彻底改变了犁刃本质、品性。它不再拥有和具备征服对象的底气，它思想的基础彻底坍塌了。没有任何荣誉和信心的表情在空气中张扬着，使看到它的人不再委托重任于它，只有向它投去敬爱的目光而小心地从它身边走过。走过就把它永远弃置在这无人的荒野。

不过把它捡在手中的伯父，立刻丢弃了正在燃烧的烟卷，眼睛明亮起来。我从来没有发现过伯父的眼睛如此明亮过，他把犁铧端在手中，慢慢移动把玩着，随后他开口了，他说，枣核，你看这里的这个豁口肯定是它早年犁地的时候碰到了比它还固执的东西，由于瞬间的拼搏，它受伤了，这是无疑的。我随着伯父的引导，目光摸索着那道豁口展开了我的想象，一副耠子在一匹枣红马或一匹黑马的牵引下，在空旷的田野里奋力向前，无所阻碍，它的刃处发出草根断裂的声音，它无所畏惧的神态让你敬畏，它偶尔的一次磕绊使整个犁身发出了震颤。然而这样失去尊严的一个小事件不过几分钟就恢复了正常。我陶醉在我的想象里，我仿佛看到了它们的威姿，我的目光集中在一个地方，若不是伯父提醒，我会呆滞一上午或一下午。我立刻从伯父的手中接过那个宝贝，我想把它永久收藏，让后人了解和知道我们那个时期农耕的真实情景。

坟　墓

一片坟墓生长在河滩地，一个人停止了呼吸，会按次序安排在它们中间。平时这里清冷，没有人到这里来。只有一个智力低下的孩子，不间断地来到这里捡拾供香，只有村庄里死了人，这里才热闹一阵。一群人围着新的墓地，查看方位。只有没有发现问题时才把死者放入墓地，动作是小心的、缓慢的，谁的脸上也是严肃的，表达了对死者的尊敬。如果死者年岁大了，确实高寿，人们就把他的葬礼称为喜葬。喜葬时人们的心情可以放松，可以不那么严肃，可以不失时机地开一句玩笑。死者的方位固定，掘墓人就可以填土，这时管家就喊一声，让亲人最后看一眼死者，这是最后的诀别。继而悲痛进入高潮，哭嚎声震动着墓地周围的空气，攒忙的人心情被感染，心情同样悲痛。随即看见掘墓人迅疾把新土铲入墓穴，随着时间的递进，新土迅速覆盖棺木，让死者与亲人隔离，这样减少亲人的悲痛。有时在阴阳相隔的一刹那，某一亲人会突然大哭起来，声音如撕心。悲痛达到了高峰。这时就连掘墓人的脸上也会挂上一层不快。管家就会大发雷霆似的，制止住亲人的悲伤，让墓地安静一阵，其间掘墓人始终没有停止填土。他们都使用了最大的力气，以便在最短的时间内完成。坟墓逐渐成型，因为有很多亲戚朋友要赶往回家的路，成型的坟墓实在不圆满。这时管家发话了，点纸磕头。于是把烧的纸堆在一起点燃，在火光冲天的时刻亲人可以乘机与死者对话，告诉死者，给你找到了一个好住处，以后不要回家了，家里有孩子，不要吓着孩子。想你了我们会来看你，缺什么可以托梦告诉我们，我们会定时给你送来。完毕之后，所有亲戚朋友，攒忙的都站在死者的前面郑重地跪下磕头。完事之后，管家宣布回家。便见人们步行沿小路往村庄的方向赶，这时夕阳西下，夕阳照着行人。

墓地一下子寂寥了，新的坟墓在夕阳里闪着光芒，墓地四周的杂草被刚才的脚步踩得七零八落。后来不知从何时起，死者过世之后，人群逐渐缩小，只有亲戚朋友组成的送葬队伍，人员寥寥无几，显得稀疏、不庄重。我知道这是改革开放后，人员疏散的结果，平时人们都远离故乡，家里有了事情一时联系不上，逐渐地把来自故乡的消息封闭了，这是没有办法的事情，打工没有准确的地点，就没有具体的联系地址，手机号码的频繁更换让联系遇到了麻烦，后来人们就放弃了这种麻烦，有多少人算多少人吧。

再后来，墓地里竖起了墓碑，墓碑的出现是有好处的，可以不假思索地判定出亲人的位置。过去只有财主才能在自家的墓地竖起墓碑，现在平常百姓也能竖碑。一可以简单记录一下死者的生平，二可以看出生者的文化素养。最重要的是确定死者的位置。一个村庄的死者埋在一起，一样的土堆、一样的杂草丛生、一样的地形。我亲眼见过一队人，在清明时节的徘徊。他们在无数的墓地前徘徊，就是不能确定死者的具体位置。脸上挂着焦急、不安。也许他们从很远的地方坐飞机赶来，单位还有很多事情，可亲人就在眼前就是找不到具体位置，心情是多么火燎啊。后来他们家的坟堆前就多了一块汉白玉墓碑，这是明智之举。方便、快捷。再后来有很多人效仿，墓地的墓碑多起来。

猎人——渣子

渣子是村里的民兵连长，他早年上过朝鲜战场，身负三处伤，走路身体不稳。我很小的时候就见渣子肩上有一杆陈旧的猎枪，冬天刚刚下过一场雪，渣子扛着猎枪走在我们村庄广大的雪原上，他穿着一件黑袄但不合身，前衫的襟没有扣着，因此前衫在早晨的冷风里微微晃动。猎枪在肩上扛着。由于身体有缺陷根本没有猎人的威严。但他走在雪原里，看上去就像一个老猎人走累了的样子，没有了力气。但渣子不累，他走在村庄的雪原里，人们一眼就看到他，不过随后就是从鼻孔里“哼”的一声表示鄙视。

村民的鄙视是有根据的，因为渣子从来没有打住过一只野兔，只听到过枪响，每次打的都是兔子的“翅膀”，但却放跑了兔子。由于每次失败，兔子也知道了渣子是一个笨蛋，有时候兔子也在他面前大摇大摆，渣子来气就一连几日休息，不摸猎枪。

有一次奇迹发生了，一只兔子不知怎么掉进了我们村子南边的一眼枯井，有人告诉了渣子，自然渣子脸上的表情舒润起来，他笑着走到井台，看到了那只慌张的兔子，举起猎枪就放，一枪没打着，又放第二枪，反正是打了四枪，才把兔子撂倒。据说第四枪打在了兔子的尾巴上，兔子完全是被吓死的。

渣子从枯井里提上来兔子就搁在了自行车的前把上，松软的兔子在那里架着，一走路一晃荡。这也是战利品，渣子自然要炫耀，一天两天不把兔子摘下来，一天终于碰见了书记，书记张口就说，放到我那里去。其实这也正是渣子的目的，渣子好巴结书记。这次有了资本，又碰见书记说话，渣子是喜上眉梢笑在心里，于是喜洋洋向书记家走去，由于身体的缺陷左右的晃动像要踩实脚两边的土地。

现在渣子早已作古，我想找到他那杆猎枪，以作为那个时代某些人精神生活的写照。

黑　爷

一座村庄，不知从何时变得少言寡语。好像一个几经改嫁的女人，最终保持了生活的沉默。

牛羊是断续消失的，根本没有引起我们的注意，人们都在忙于生活，它们都是在生活的空隙悄悄走掉的。是否因为我们对它们长久的漠视，产生了自责？是否在另外的地方还有一座村庄更适合它们的生存？

当我们从生活里抬起头，竟发现，我们的周围空了，只剩下了我们自己，我们究竟做错了什么，我们一直意气风发、激情昂扬，紧跟生活的步伐向前走。是因为走得太快了吗？

我沿着村庄的街道缓缓向前，看到的是干枯的老树，几只消瘦的黑狗或黄狗，它们老远就冲着我有气无力地叫几声就返回了柴门，我多么愿意它们追逐着我狂咬，其中有一只撕咬住我的裤腿不撒口。让我在惊恐中，大声地斥责它们，没有这种现象，一切是冷漠寡然。好像它们预知了村庄的未来。一座村庄的未来竟被几只智力低能的狗预知，这是一座村庄的悲哀。我回头看了一眼刚刚躲进柴门的那只黑狗，它在栅栏的背后，蜷缩着，目光畏缩。

当我的目光顺着栅栏的缝隙，向里面张望时，丛生的杂草占据了三分之二的院落。这家没有人住，这是映入我脑海的第一个印象。

我抬起头向屋檐张望，那里有几根发白的杂草在微风里摇晃了几下，在杂草的根部有一堆风干的麻雀屎。顶端还有两粒湿润的屎粒。显然有两只麻雀在这里刚刚飞落过，现在飞往了别处。我茫然地继续向前走，脚步变得沉重。我又遭遇了刚才的一幕，心情颓废极了。难道我的村庄一个人影也没有了？

在我勉强地走出一百米处，见到了人影，我好像在大海的深处见到了我要打捞的针，迫不及待地急步走过去，面目熟悉，但他那把谷穗长的胡须影响我对他的确认。我端详着，努力从记忆里打捞，努力消退着我与老人之间出现的尴尬。老人也不抬头，只顾自己吸着烟锅，吸烟锅的动作与神态，是我熟悉的，我努力在脑海中寻找着，好像再不努力我就没有了机会。从他脖颈处的黑痣，我突然头脑明晰了，他是我们队上的车把式，黑爷。是黑爷。

我抑制着兴奋，猛地喊了一声，黑爷。黑爷缓缓抬起头，眼睛眯起来，你是谁呀？我，我是小雀呀。小雀是谁呀！显然，黑爷的记忆已经衰退。我迅疾蹲下身子，拿起黑爷的手指放在我的头顶抚弄，当触及我头上那个高包时，我反复将黑爷的手指摩擦。噢，你这里有一个高包，怎么碰的。高包并没有唤醒黑爷的记忆，他的思维是现实的。我显然有些急躁，大声说，我就是爱趴你牛车的那个小雀。那时我们都小，十一二岁的样子，你整天往田里送粪，路过小学门口，每次放学我们就像麻雀一样趴在牛车的后边，牛的步伐突然慢了，你不知道原因，仔细查看，却发现后边有几个不知天高地厚的孩子捞晕晕。你大发雷霆，呵斥让我们离开了牛车。但我们死性不改，你每次路过都雀跃着趴在车尾。那里是我们的乐园。后来你急了把我们的鞋子扒下来了，扔到了学校的房顶。我的包，就是那次上房顶取鞋子不小心掉下来碰的。当时三个元宵大，我的父母找上了门，你懊恼自己不该做出那样的事。后来你从集市上给我买了一包甜杏来看我，你还背着我上学，我的头已经没事了，你还背着我到邻村看电影。我说到这里，黑爷的眼睛亮了。黑爷用烟锅指着我说，你就是金家的那个小雀呀！我说是。黑爷接着说，你小时候真难缠。我嘿嘿笑了，我立刻改变了话题，我说黑爷，咱们村的人怎么这么少啊？黑爷不假思索地说，有的到城市打工，有的搬到了城市居住。剩下了老人孩子。再过几年恐怕人影也见不着了。

见着了黑爷，我就想起那个年代的欢乐情景。黑爷赶着他的牛车在村庄穿梭，后边常跟着一群孩子，追逐。有时黑爷为了摆脱我们，把牛车赶得飞快。几只麻雀在树上发出嘲笑我们的尖叫。

黑爷年近八十了，身体健硕，两个孩子在城市居住，都想把他接过去，可是黑爷就是不干，他离不开生活了一辈子的村庄土地。离不开村庄里的一草一木，虽然那些草因干渴枯萎了，但草的根还在。那些麻雀还在，麻雀飞舞的天空还在。黑爷的固执，让孩子们有些恼火。想法破灭了，变了法子，一个月必须回家一趟。黑爷对他们的频繁回家也恼火，黑爷性急地对孩子们说，不要回来得那么勤，耽误工作，我的身体倍儿棒。说这话时，黑爷还故意用拳头擂了几次胸口。孩子们无奈，只得经常黑夜赶回家在院子里看看黑爷没事就返回了城市。

小　学　校

告别了黑爷，继续往前走，我走到了小学校，学校里一个学生也没有，操场上长满了草，学校的窗户上玻璃破碎，有的干脆没有了玻璃。通过窗户我向里面张望，几只麻雀正欢快地追逐，看见我从窗户望进来的目光，惊着了，有两只落在房梁上气都不敢出，眼睛一眨也不眨地看着我有什么异常的举动。有两只没有沉住气，从后面的窗户逃跑了，课桌上落满了它们的屎粒。

那些课桌整齐地排列着好像等着孩子们走进教室。它们耐心地等待着，好像它们的等待终究不会落空。我把目光移向讲台，黑板上有两行大字：我们迎接一个崭新的时代。但字迹已经模糊，虽然模糊，一眼便能认出。另一端有两个几何图形，一个是三角形，一个是四边形。它们的角度清晰，还是那么具有稳定性。虽然时间已经过去了很久，构架依然稳固。走在小学校的院子里，我只能靠记忆完成当年学校的欢歌笑语。

远远、青青、小胖、小辉、金鹰都是我的同学，我们在同一个班级。我们是班里的劳动能手，小学校的院子里的卫生我们几乎包下了。每天我们早早上学，打扫一遍。如果是夏季还要用水泼洗一遍。寒冷的冬天下雪了，厚厚的积雪包裹了校园，我们几个兴奋地清扫着，雪花落满了黑棉袄。我们的样子简直成了雪球，因为小胖太胖了，雪花沾满了全身。那是多么快乐的场景呀，书包在屁股后坠着，同学们陆续来到学校，如果遭遇学校的钟声我们会加快脚步。

小学校东面的院墙下有一眼水井，学校的用水就是从这里打上来，远远和金鹰负责打水，他们两个长得高于他们的年龄，学校规定除去他们两个任何人不许接近水井。我看出他们两个打水时精力完全集中，像一个深谙世事的大人绝没有儿戏。水井有四十多米深，掉下去小命不保。为了井口的牢固，学校里的贫下中农代表老宋爷爷命令村里的几个后生从几里外的河滩里拉来石碑，固定在井口。那里有好几块倒下的石碑连自己的主人都找不到了。宋爷爷做出这个决定时，脸上是肯定的神色。现在这里已经堆满了学校的邻居兰兰捡拾的垃圾，显然水井已经填平了，那块汉白玉的石碑也不见了。看到这一切，心里无端地又平添了几分落寞。

孩子们跟着父母去了城市里。“80 后”的孩子们天生有城市情结，他们通过奋斗和努力，都在城市里安了家。这得益于他们从父母那里遗传来的吃苦耐劳的性格，吃苦耐劳是一切社会活动的基础。因此他们很会生活，都生活得不错。为了让孩子彻底摆脱农民的习气，乡村的那种粗俗，他们不惜金钱。这样的结果就造成了村庄里小学校的资源缺失，虽然有几个贫困家庭的孩子来学校，但是人员极少，造成了最后的消失。这就是现状，改变现状的唯一办法，我认为就是并村，把各个村里不多的几个孩子并在一起。

第四部分

一些小的事物虽然微不足道，但起了决定作用

秸　　秆

秋天收获的玉米秸秆，不知怎么就慢慢消失了。

收割时，它们沉重得像我们村庄的历史，你想丢掉都不可能。人们只能把它们暂时寄放在不种麦子的白地里。

本来不太大的白地，一下午的时间就被玉米秸秆挤得满满的。

我和父亲把我家的玉米秸秆堆得高大饱满，好像给了它们第二次生命。那些堆起来的秸秆靠得那么密实，风都吹不透。它们顺溜地依附着大地，没有一棵随便离开群体。

它们站在那里，就成了村庄里一道风景。严冬里，再也没有人理睬。它们被田野的风慢慢吹干，然后在时间的窖藏里腐烂，归还土地。这是它们最终的归宿，也是它们的初心。

时间不长，它们粗壮的颜色，就会改变，变成无法描述的旧色。高度也矮下来，没有了刚收获时的傲慢。

只有我一个人，惦念着它们。我是一个无所事事的人，尤其是冬天，我是村庄里起得最早的一个，我沿着村庄的路向前走。路两边是麦地，麦苗上落着霜，麦地里的电线杆安静地在寒冷里站着，没有任何态度。大地像昨天一样寂静。

迎着太阳，我走在无人的道路上。有时回过头，眼望我的村庄。他还在沉睡，村庄里的一切都在沉睡，都在享受着这安宁的早晨时光。我加快了脚步，因为我惦记的事情。

我走到了我和父亲堆玉米秸秆那块白地。完全不一样了——那些粗壮的玉米秸秆全萎缩了，没有了挺拔、傲气。像一个老实的人经过了一次重大的打击，再也恢复不了元气。

我沿着它的周遭转了好几圈。惊讶它们变化的速度。这才几天的时间呀！是不是它们本来有一个美好的想法一直没有实现，就自暴自弃了。

我拿起一棵折了好几段的玉米秸，它没有断开。它的韧性，依然让我尊敬。它断续发出的嘉禾的芳香侵入我的鼻孔，这是我熟悉的味道。

玉米地里的虫

事先已经喷过两次农药了，但还是有漏网的。发现玉米叶子上有小小的屎粒，绿稍显黑色，干巴。赶紧趴下头去，看虫子的藏身之处，一般都在玉米芯。望了半天也没看见，还是只见一堆小屎粒。那些虫子有头脑，它们不会在丢下屎粒的地方藏身，它们转移到另一棵没有咬吃的玉米那里。按照这个常识，我找到了一只虫子。把头低得很低，顺着喇叭形的张口往下仔细看，很深的地方藏着一个阴影，不是很明显，因此也就很难确定，我立刻拿出随身的眼镜，再次观望，果然是。我伸出手指，弹了一下玉米的小叶子，那只虫子不自觉地动了一下，由于空间窄小，不好动手，我随手捡了一根麦秸，往上拨，麦秸触到虫子它就剧烈地扭动。拨了几次才拨上来，这是一只不大的虫子，翠青色，在我面前它表现得极其慵懒，没事似的，好像我要带它去远行的样子，我捉住它的身子后，稍一用力就把它捏死了。

我从来没有见过它们转移，好像很神秘。我不喜欢瘦小的，看着不舒服。那些胃口好的，吃得很胖，捉在手掌有肉的感觉。我不知道它们的寿命期限。那些老的一眼就能看出来，颜色苍黄。

它们在上午十点以前、下午四点以后活动得厉害，与人的活动特点相似，都怕夏天灼热的阳光。

一　匹　马

我喜欢一匹马，拖着秋天的谷物行走在大地上，而不是两匹马。两匹马会影响我的注意力。赶马人坐在车上，或者步行，都是了不起的事情。赶马人没有自豪流露在脸上，而是担心着马车的平稳，他要把这些秋天的谷物运到场院。

一匹马孤独行走在大地上，留下两行深深的车辙。

如果大地上的谷物已经收割完毕，一匹马从遥远的森林往村庄的方向走，此刻你就会发现马和赶马人都是轻松的，他们都不受冬季时间的限制。冬天的阳光照着马车的侧面，马车上的干柴明显地摄入观望人的眼睛。

一驾冬季里的马车，缓缓在大地上行走，马和赶马人都没有急躁的表情，此时他们共同享受冬天的闲散时光，享受生活。

小　站

不大的一个车站每天都有等车的人，站牌斜立着，上面的红字已经模糊，但还是能看清：“此站是张庄，终点站是火车站，发车时间是早晨六点，末班车是晚上六点。”火车站在市里的南郊。人们每天都有到市里去的人，有的人去赶火车，有的人去商场买东西，有的人去医院，有的人去法院咨询法律，有的人走亲戚。

一辆红白相间的公共汽车，颜色已经陈旧，某处的白漆或红漆已经脱落，但它很准时，一个人来得晚了，就等下一班，下一班间隔九十分钟，这里偏僻，每天去城市的人不多。

平时人们背着一个小包，上车下车，很自然。人不多明显昭示着这里的经济不繁荣。

等车的人因为误点，站在斜的站牌下，不住地扭头往大路上看，大路上没有人影，没有车影。失望之余把目光收回来再放到眼前开阔的田野，田野里有零星的人影在劳动。看一会儿又扭头望大路，路上还是很干净，没有人影、车影。于是重新把目光收回来，这次没有看田野，而是低下头看手腕上的时间，再抬起头脸上的表情变得焦急。

如果遇上冬天在这里等车，真是遭罪了。西北风不停地刮，地上的白雪还没有化完。等车人就用戴着手套的两只手掌捂着冻僵的脸，在原地不停地跺脚，脚下的雪被踩得硬邦邦的。

如果站牌下没有一个人，空空的。那小站的周围也是空空的，很寂寥的样子，没有一个不坐车的人在这里打扰空旷。没有事的人谁也不在这里等待。偶有走累的人，坐在站前那块石板上休息一会儿。

在时间里、这里的空气里留下了叹息，留下了等车人的焦急、惶然。这样的情节持续了很多年。现在好多了，运输公司增添了班次，换了新的装有空调的公交车，冬天不冷，夏天不热。时间间隔只有十五分钟，方便多了，坐车的人也多了。没事也去市里，去公园、去电影院、去电信公司、去银行。

鸡

开始，鸡在大地上自由地行走着，啄食、下蛋。下蛋是为了繁殖。不知谁发现了鸡蛋能吃、好吃，就动了脑筋，让鸡的生命专一为人类服务。

实行了笼养鸡，供给充足的饲料，让鸡的卵巢提高工作效率。鸡们在窄小的笼舍从来没有感到憋屈，反而精神抖擞。我参观过养鸡场，没有一只鸡因为笼住失去自由而悲哀，都是精神抖擞等待食物，而且养鸡场很多年没有听说哪只鸡暴动。

我喜欢自由的鸡，与我们一样在大地上自由行走，啄食、吃虫子。如果一只鸡发现了某处有许多虫子，其余的鸡会迅速跑过去。如果没有了虫子的影子，它们就会用爪子刨土，期盼发现虫子的身影。即使一上午发现一两只虫子，它们也不会离开那里。

冬天的傍晚，它们会栖息在树枝上，预防地面上的凶猛的动物。如果生活在安全的地区，它们也愿意居住在人造的窝里，那里不受严寒的袭击。

我喜欢鸡被冬天的西北风吹得羽毛张开，露出红润的肛门。鸡的翅膀很少张开，很可能是它们遭受的袭击很少的缘故。在大地上，人类不侵犯它们，鸟和狗不与它们发生冲突。可能蛇爱它们，在我们这里蛇很少，因此不必担心蛇。

因为它们受到的威胁极少，所以鸡们很少使用翅膀，我理解翅膀的意义是，一边助力逃跑，一边做反击的工具。

现在，基本上没有自由的鸡了，它们随地拉屎的现象实在惹人讨厌。过去农户养鸡是为了吃鸡蛋，现在花钱在鸡场买鸡蛋很方便。人们都会算经济账，养鸡吃鸡蛋不划算。但作为观赏养鸡，我觉得现在还没有那么清闲的人。

鸡生在悲哀里，却不觉得。这也许是与人类的根本区别。

马　蜂

童年的记忆挥之不去，一经触击便在脑海中闪现，令你回忆，觉得十分有趣。

捉马蜂是一项重要的儿童活动。一到六月那些马蜂就匆匆飞来，居住在房角的缝隙里。不知为什么住在那里，有什么食物或气味存在吗？不知，反正那些有五粒黄豆排列起来那么长的红褐色马蜂，就爱在那里栖落。放学后，我们走路总爱仰视房角，如果发现马蜂在那里飞舞就兴奋不已，很快取下书包，放在地上，悄悄爬上房顶，然后不很情愿地爬下去，头探出房檐，一只手挺住身子，另一只手伸下去，捉，首先是先看一下马蜂的位置。那些马蜂反应特迟钝，也不匆忙飞去，好像以为是我们给它们送食物吃，真是太幼稚了，我们就喜欢它们这样。找准位置，迅速用手掌扣下去，便可得一两只马蜂，这种马蜂没有刺，不蜇人。捉住的马蜂我们也不知道是雄蜂还是雌蜂。也管不了那么多，捕捉到猎物的心情是舒畅的。手掌攥紧马蜂悄悄爬下房顶，这时候房顶下的人还在安然地睡午觉，根本没有发现我们的行踪。也遇到过没有睡觉的男人，那人听到房顶的咚咚声便大喊大叫起来，什么人，什么人，干啥，干啥。虎着脸，好像我们预谋拆他们家房子似的。极力解释，那人不听，硬是把我们恐吓下房顶，真是丧气，我们都很气愤，但是也没办法。回头看一眼那人依然铁着脸，心中又平添一层气愤。没几天那家房子的墙壁上，用白大灰写着“王八住”几个夺目的大字。那人看后更是如狗急，一时找不到发泄之地，只得忍着，回家取一桶清水冲了又冲。大灰粉干后，一些沫儿已经渗入墙中，是一时刷不掉的，仔细看依然能辨清。那人觉得实在羞辱，一边用水冲，一边小声骂街，我们站在一家房角后面，乐得喷唾沫，方解心中之恨。以后再去那人家捉马蜂，看见我们了装没看见，躲得很远，我们如入无人之境。

捉到的马蜂做动力，摘几个长得正青气的枣，咬下一半的枣肉，露出枣核。枣核的尖露着，很尖锐的样子。再找三个小硬棍儿插在有枣肉的下端，角度分好，放在地面上很稳定。然后用一席篾，两端缚上刚捉来的马蜂，那些马蜂总觉得被人攥着不好，一旦有机会便想逃走，席篾两端缚好马蜂，将中间位置放在尖锐着的枣核上，就见到一种很有趣的旋转，马蜂的翅膀猛烈地飞动着但又逃不出固定的圆，所以就成了推磨似的转动，持续很长时间。因为逃脱的梦还没有实现，它们就用力地飞，认为只有这样卖力地飞才能找到出路。不一会儿体力弱者缓慢下来，最后干脆不飞了，而另一端体力强者还在急促地找出路，就不停地飞，这样飞出的圆很不美。我们用一小棍儿触及想休息的马蜂，想让它重新振作起来，结果事与愿违。我们不得不结束游戏，回家吃饭。

芝麻·芝麻花

我突然喜欢上了芝麻，它们那么小，却有油。油肯定是它的骨髓。挤出的油那么香。因为世界上没有那么多的香油供我们随便吃。小时候吃香油，以蘸为单位的。用筷子蘸儿滴抹在饼子上。饼子是用刀切开过的，里面再放上盐花。真好吃，我们那一茬子的人大都这么吃过。没有谁吃到一半扔掉的。那种香里含香的味道，现在的食物里找不到。

昨天我又见到了芝麻，那是妻子买了几个缸炉烧饼，放在饭桌上，烧饼的一面爬满了密密麻麻的芝麻，均匀，金黄，散发着香气。我已经很久没有见到芝麻了，因为产量过低，谁也不种了，我不知道现在的芝麻来自哪个山区。它们那么密密麻麻地趴在那里，像无数勇敢的士兵守护着拥戴的国王的疆土。

芝麻那么小却在这个大世界上没有迷了路，每次见到芝麻，都打招呼，并为它们的果敢竖起拇指。的确是这样，你看它们那么小，有时手都攥不住，但却有那么大的力量。半个世纪过去了，我们忘记了许多东西，丢弃了许多东西，唯有芝麻在我们心中牢牢地惦记着，温暖我们的童心，给我们的生活送来香甜，使我们前进的步伐加大。我们穿过杏花村，又来到桃花村，春光时刻明媚，我们的心敞亮亮，每一天迎接着新生活，每一天都有新智慧产生，新的能量到来。

那么小却没有自卑，完全是大胸怀、大格局。步伐矫健，像一个胸有成竹的将军，谈吐高雅、思想新潮。挥手与收手都是大气派。

无论身处何方，都心有定数，不矫揉、不造作，把浑身的质地透露给人间。

我没有忘记，饥馑年代，芝麻充当了重要的角色，在我们饥饿得无处投奔时，是芝麻挽留了我们。不知道母亲从哪里讨来一把芝麻，只用小火在锅里焙了焙，然后碾碎再放入少许的盐花。我不知母亲还有如此手艺，竟让我们弟兄吃得如痴如醉。芝麻肯定是我们村庄里的，因为母亲没有去很久，手艺肯定是外祖母传授的，不然母亲不会那么娴熟。我们像饿狼一样吃着，忘记了饥饿。

在我的生活中，我讨厌那些因小而把芝麻撒在地上的人，他们胸中无嘉禾，心中就无父母，顺理而推就无道德，无道德就缺乏人性。勤俭是我们民族的好传统，既然是好的我们为什么不继承呢。

我们这一代谁不记得：芝麻开门，芝麻开门。唯有芝麻才能打开深藏于石洞中宝藏的紧闭的石门。神，选择了芝麻来开门，说明了什么。那还不是小小的芝麻所蕴藏着的宇宙力量？敬畏芝麻吧！

有时我感觉芝麻具有民间性，实际上它就是民间，它用花开催促民间的日子一步一个景象，更有意思的是它是站直的，从生到衰老，它一直都是笔直的。许多的风想把它吹折，都没有做到。它就简约地生长在我们村庄的田野里，它的唯美形象与村庄的吉祥门庭遥相辉映。

我曾经有一首诗这样描述芝麻花：是风把它们吹开了/一朵一朵的，然后是一大片/像白色的灯盏/点亮大地的黑暗/我每次经过它们/心就澎湃，不安/我暗自把它们称作父母花/它们多么像小小的翅膀/在空气中微微颤动着/有飞向天空的欲望/小小的芳香流动着/像小小的幸福/经过了我的心房，又向村庄蔓延/芝麻开花了，芝麻开花了/我最小的女儿跑在无边的芝麻花中/她扬起的粉白的纱巾/仿佛一朵大的芝麻花

我不知道我的情感会那么轻易地倾向一朵芝麻花，也许是因为它的素白与洁净。

我经常在繁华的集市看到磨香油的师傅把一勺芝麻放进磨室，他是自信的，每次的掏舀都不遗漏一粒芝麻。

高　粱

在乡村有很多庄稼具有艺术美，也存在实用价值。比如，高粱秆可以轧碎，去去心囊，利用它的皮编制盖帘。盖帘就是盖锅的盖子，没有异味，蒸出的馒头好吃极了，那个年代，我们农村百分之百农户的锅盖都是高粱秆制作的。当然有专业的手工师傅制作，做出的锅盖漂亮、结实、美观。

高粱秆也可以用来扎成放水饺的盖帘，干净不粘饺子。我

记得每逢过新年母亲就拿出新扎的盖帘放饺子，看上去舒服得很，圆圆的放在马扎上面，包好一个饺子就放在上面，饺子的新与盖帘的新是一致的。我帮助母亲，每放上一个饺子就心里偷着乐一下，母亲没发现，我就随着饺子的数量增多而多乐几次。母亲发现，并说，瞎乐什么。我就立即止住。每年我都盼望过年、盼望包饺子、盼望有那么几次心里偷着乐。

现在我有了妻子孩子，那种偷着乐自然要控制了，作为人之父脸上的表情自然要严肃了。

高粱秸还可以作为惩治人的工具，我就被父亲用高粱秸惩治过一回，那次我去水塘玩水，回到家父亲已经准备好了高粱秸，攥在手里，站在门外，吓得我不敢吭一声。

我还见过栓根爷惩治他儿子小帽，也不知为什么，栓根爷拿着高粱秸猛抽小帽的脊梁，那是夏季，小帽没有穿衣服。每抽一次小帽的脊梁上就多一道疤痕。

蒲　墩

蒲墩是收获玉米后，扒开的玉米衣服拧制的，奶奶干这一行最拿手。我在一旁采集质量好的玉米衣服，洁白有尺度的，奶奶低着头手像小机器一样快，奶奶已经八十多岁了，干什么事情还是那么认真。她守寡几十年了，五十岁我爷爷就去世了，但她对生活的热情从未减少。她的手指粗糙得很，抚摸她的手指，就像抚摸枣树棍。她从来不让母亲替她做饭，都是自己做。自己到外面捡拾干柴，捡拾地里剩余的萝卜、蔓菁。在乡村做出的蔓菁粥是百吃不厌的美食，如果不是母亲制止，每顿饭我都愿意吃奶奶做的。每年秋天，奶奶就编织好几个蒲墩，蒲墩可以制成扁的，也可以制成立体的。那个年代人们身体苗条、瘦弱，都愿意坐扁的。现在我估计人们喜欢的肯定是立体的，现在人们心宽体胖，一般蹲不下。玉米的衣服做出的蒲墩有非常好的隔冷效果，坐上去没有冰凉的感觉，温润、柔软，对身体、对屁股都有好处。奶奶的手艺我始终没有学会，说实话那是考验一个人意志的活儿，没有坚强的耐心是完不成的。一个人必须很老实地坐在那里，不需要说话，无言地把精力全部放在手工上面，整只胳臂用力，当然手指也累得疼。奶奶去世很多年了，我留着一墩，但舍不得坐。

丝　瓜

满院子的丝瓜是我种的，孩子们没有时间。种丝瓜没有讲究，因为丝瓜得以面世是求之不得的，你种上它就是给了它足够的面子。因此，每棵丝瓜都很懂事一样抓紧时间长，长得叶子肥厚、藤蔓粗壮，根本不需要你给它肥料，它的根会在地下寻找营养的。它是本分的植物，就像本分的人，从不浪费别人的东西。春暖的时候开出硕大的黄花，招来繁忙的蜜蜂，也不知道那些蜜蜂怎么知道的信息，无论多么遥远都会赶来，也不觉得累还乐观地唱歌，一边劳动一边歌唱，歌唱幸福生活的美好。但见那些硕大的黄花更加俏丽起来。花一直开到夏天、秋天。它们的果实就在叶子后面，采摘时得精神集中寻找，不然遗漏的就老去了，口感不好了。

每次摘就摘很多，遇见乡亲就兴奋地送人家。剩余的给居住在城里的孩子们送过去，我的儿子不很乐意，我的孙子爱吃，每次送过去，孙子就会拿出一个大的攥在手里满屋子跑，我喜欢看这样的情景，能引发你下次继续送去丝瓜的热情。

那些遗漏的丝瓜随着时间的推移就会迅速膨胀，大得很。我失去了采下它的欲望，就任它继续生长。到了初冬就成了老丝瓜，可以做种。每次挖包在丝网里的种子时，我就非常喜欢那些交织密实的丝瓜绒，网络清晰、洁白、纯粹，没有一个污点，而且韧性得很。就用它做洗锅洗碗的用具，耐用，既方便又实惠。

每次拿起它我就联想一阵，想它还能派上什么用场。过春节时，儿子回家，偶然发现了就用它做了一个灯罩。儿子是搞设计的，想象力比我好，我怎么就没有想到做灯罩呢。

打 气 筒

打气筒也可以称为气管，我们现在还是这个叫法。小时候，每家备有一辆小拉车，目的是用来挣队里的工分。人挣八分，小拉车挣四分，也有挣五分的。这样一年下来，就能分上队里的羊肉。

小拉车有轮胎，被钉子或玻璃扎了就没气了，没气的小拉车几乎就没有用了。就得找修车师傅修理，修理好了就用气管把气打足了。如果是慢跑气，一两天才跑完，有时不愿意找修车师傅，将就着用就得不时往轮胎里补气。不是人人家里都有打气筒。打气筒很贵，谁家也没有那么多零花钱去买打气筒。只极个别的人家有。所以只好硬着头皮去借。有的人小气，打气筒就在家门口放着也不愿意让用，高着嗓门儿说：坏了，不能用了。

立刻有一种被羞辱感，红着脸退出来，再到另一家去借。

总去借也不是办法。后来父亲发狠买了一个。黑漆的，大概我们都见过，两根铁丝护驾，活塞一样的手柄杆，拔上按下，拔上按下。如果没有意外，眼看着轮胎被气撑起来。因为小拉车每天要拉一千多斤的土或粪，所以气必须打得饱饱的，这样拉起来既省力又省轮胎。气打到什么程度用手掌按压轮胎就可以了，一般情况是，按时有硬邦邦的感觉就行，在农村生活过的人都知道。

我们家的气管几乎是公用的，每天有三四辆小拉车要打气。我母亲善良仁义，从来没有撒过谎说打气筒坏了，有时还腾出手帮人家找。因此，我们家的打气筒也常出现问题，皮垫坏了，磨透了，送不上气了，我父亲就到小卖部买几个，抓紧换上，生怕人家不高兴。一个皮垫三毛钱，如果我们家自己用半年也用不坏，而现在是几乎全村有小拉车的人家都到我们家打气。一个皮垫也就用上十天半月。这样我们家一个月买皮垫就得花六毛钱。六毛钱对于我们穷人可不是一个小数目。母亲看得开，母亲说皮皮毛毛事不去计较。听了母亲的话父亲脸上的疙瘩才舒展开。

我们失去了小却得到了大，由于我们家的家风好，我们弟兄四个都娶上了媳妇，而我们的邻居家四个儿子只有一个娶上了媳妇。后来没有办法了，老二从四川买了一个，老三被招了上门女婿，老四现在还光着呢。

随着年龄的增加，我暗暗琢磨，多亏了那个打气筒，给我们家积了德。

第五部分

我的乡间生活

书房与创作方式

我拥有全世界最简易的书房，杂乱却明亮。是我居住的房子最西头的一间，南北长四米，东西宽三米。是我们家的一个库房，里面放着一个单人床。当时我给妻子提出这间做书房时，妻子根本不同意，妻子说，你以为你是谁呀？里面的衣柜怎么办。我哀求似的给妻子说，你的衣柜我一点儿不动，就这样妻子勉强同意了。

书放得错落而有序，书桌对着窗子（书桌实际上是几块旧木板拼凑起来的，上面铺了几张旧报纸）。几支笔就在书桌上，有几支笔芯的油时断时续，有几支碳素笔。如果灵感闪现新思想需要记录时，我就拿起笔迅速记录下来。可气的是有时笔怎么也写不显，着急得很，一心弄笔了灵感就没了。灰心丧气。干脆就放弃了。

有时，劳动的闲暇想看几页书，刚落座，又被妻子叫走。因此我有许多书没有看，它们就待在我书房的书架上，我的书柜是家具厂卖剩余的，一扇门不小心就会掉下来，减价处理给我。我很喜欢，因为我很早就希望拥有自己的书房。有了书房以后，大部分清晨的时间我在这里读书写作，中午劳动回家吃饭的当儿，趁妻子还没有把饭做熟我就钻进了书房。有时我前脚迈进去，后脚就有一群麻雀飞出来。这大部分是夏天的炎热时候，麻雀们也想找一个凉快的地方玩，我进去它们好像预感到危险，就争先飞出来。我看到麻雀急遽的样子感到好笑，我从来没有伤害过它们，根本没有那个意念，它们错误理解我了。它们飞出我的书房门时还带下了几粒房顶的灰尘。

有时我读一本好书，进入故事情节了，没有听到妻子的呼喊，她就非常生气地走到书房门前，冲着书房里面的我大发雷霆，你干吗？你聋啦？叫你几声了，你不答应。你以为你是谁呀！我谦恭地对妻子说，确实没有听见，以后注意。本来我读书，妻子就不同意，她时常提起村里那些有钱的人，我一听就没有办法，我不能有一点儿反驳的理由，我必须按照妻子的意思，添油加醋，顺应着她的兴趣。其实我对他们一点儿兴趣都没有，观念不同，生活方式就不同。有时为了显摆，我故意说一个县城有几个作家，就我一个也被你抢到手里。你还不知足。

我的许多创作就是这样与妻子的争辩中完成的。我妻子关心的是稿费。她时常在我吃饭的时候询问我还有几家杂志没有给稿费。因为我讨厌这个问题，就随和了，我时常莫名地说几个杂志社的刊物名称。有时一个杂志的名称说道一年，也没有见到稿费。

我是一个容易为情感冲动的人，时常被一些眼前的故事打动得涕泗横流。因此也就渴望把这些故事记录下来。

我的书房外面就是铺满阳光的院子，一些小飞虫自由地在空气中飞舞着。青草按自己的方式生长着。我们互不干扰。我书房的钥匙就放在门边的窗台上，为什么上锁，是怕一些动物跑进书房。

有时风雨大作，电闪雷鸣。我就坐在窗子下面的椅子上，耐心地读，卡夫卡，胡安，鲁尔福，马尔克斯，雷蒙德·卡佛，博尔赫斯，弗罗斯特。那是一个绝好的机会，我一口气读很多。那个时辰妻子忙于自己的事物，顾不上训导我。我的思想意识完全投入到他们的故事叙述里，沉静或激越。雨水的珠子从屋檐不停地洒落下来，落到房前的石板上，溅起数不清的水泡。有几滴雨水不知什么原因溅到了我的书页上，我爱书、珍惜书。遇到这样的情况，心里很不舒服。但我的读书兴致一直没有受到影响。我只是叹了一口气，就算是这次遭遇的结束。

一年中我的多半时间消耗在了书房，我的妻子多半时间里愁眉苦脸。

老木工

穿着随便的老木工，他的头发上沾着轻薄的木屑，耳朵上有一根蓝色或红色的铅笔。他用力地刨推着一根近似方正的木板，不时抬起一头放在眼下，望一眼。削下来的木屑越来越少，越来越薄，因为接近了最后完成之时。他不会出现最后完成时一刨失手的那一步。他的脸色严肃、目光锐利，精力完全放在了活儿上，我不知道还有什么工作能使一个人干起来这样正经。他不苟言笑，别人的一句问话，他都不会立刻回答，因为他的气力完全在活儿上，只有气力收回时的间隙他才不紧不慢地回答你的问题。混子无事，双臂下垂着站在一旁，两眼目视着，时不时冒出一句荤话，老木工根本没有从心上过。

而脚下的一堆刨花新鲜得很，看上去那么干净，不忍移动。老木工就在刨花中。

我喜欢在一个晴朗的天气里，看老木工在明朗的院子里一个人忙于自己的工作，没有人打扰，刨花随着他有力的刨推飞舞着，然后落在老木工的脚下。老木工的精力完全沉浸了，有时他在赶活儿，主人家要娶亲。他是一个烟气不沾的人，吸烟者往往在活儿的中途坐下来非常沉静地吸烟，而他不，他是天生干净的人。

实际上，我对老木工的情况非常了解，我们是一个庄上的，他有一个爱干净的常年生病的妻子，膝下无儿女，老木工的收入全部给妻子抓了中药。当然老木工的技艺十里八里再难找。

老木工该收一个徒弟了。

春　天

春节刚过，有人耐不住心中的寂寞，就行动起来。

空旷的田野上，有人查看蒜苗，有人清理葱地里的枯叶，有人修剪树枝，桃树的、杏树的、梨树的，苹果树的去年冬天就修剪好了，还有柳树的、法国梧桐的。有人把储藏了一冬的白菜挖出来，有人挖好了树坑，准备栽树。有人把脱毒的土豆种子埋进土壤，有人清理麦地的垄沟，有人把树坑的土补好，好事的人把土地的界碑挖出来。春天一切事物都是新鲜的，那么有诱惑力。我时常用的一个词，醒。又出现在我的脑海。是的，我善于把春天的事物用醒字比喻。春天，一切酣睡的事物醒了。大地、庄稼、石头、水、草木。凡是在春天起身的事物，都醒了。坟墓也醒了，他们收下了新的钱衣。所有的事物要在春天重新上路，拍一拍身上的尘土，揉一揉惺忪的眼睛，漫长的冬季熬煞人了，狗也无精打采。

有人抽出了新水，水在阳光下闪烁着流进麦田。一辆满载沙子的卡车向城市飞奔。我看见下午晴朗的天空，一队大雁飞过，领头的大雁是那么自信、从容。它要带领兄弟飞往新的生活驻地。一到春天我就抑制不住奔涌的血液，喜欢观察，也喜欢行动。我弯下腰把那些碎石捡掉，把犁铧擦亮，又给马添了新草料。

现在还是早春时节，道路两旁的草丛，依然干枯发白，远处的柳树虽然有了淡淡绿意，走近细看还是冬天的样子。

一到春天，二叔他们又要打井了。这是队长的主意，队长是精明人，他怕井在麦子黄梢的时候不争气，吐不出新水来。队长不善言语，总是用脑子思考大家的事情。春天里他还披着冬天的棉袄，也不扣扣，走路衣襟左右摇摆，眼睛眯着，熟悉村庄里每一块地。

打井就打井吧，自我记事起，这已是第十八次打井了。二叔他们、红旗、辫子、春丽，还有狗咬。在茫茫平野上，浑身沾满泥浆，加钻杆，放水。隆隆的机器声，夜里睡眠的人知道干什么，蜜蜂知道干什么，蝴蝶知道干什么，它们都远离了，它们都让出了吉祥的路，它们的色彩会使眼睛迷离，机器的，人的。只有他们三五个人和一台钻井机，远远望去，像一群医师给大地做手术。而那些旧井好像老了，唇上的胡须太长了，人们不光顾了，只有麻雀站在废墟一样的那里拉几粒屎，无人塞满石头和尘土，就那么空空着、荒芜着、坚韧着，与岁月抗衡着，抗衡着岁月的残忍与鄙视。打井成了我们村庄一个必须的事件。

我的两岁的孙子最先看见了春天，在田野我望着远方发呆，努力寻找着春天的踪影。我正在冥想中，发现我两岁的孙子，低头在一棵大树下专注地看着什么，并用小脚奋力地踩，我低下头看见土地上有几棵小草豌豆那么大，无言着，好像试探着春天的空气，试探着人们的目光，试探着人们喜欢春天的人气指数。我一下子喜悦了，原来这些春天的侦察兵藏在了这里。离这里不远我又看到干枯的树叶覆盖下的野菜也萌生了绿意，脉脉溢出的清香在空气中微微流动着，那是新的生命生长的气息。

在早春的田野上走动着，早春的气息来自醒来的芽苞，来自母亲用塑料布覆盖下的悄悄返青的菠菜叶子，来自新鲜的汁浆向高处的流动。

眨眼过了七九，田野和村庄沐浴在温暖的阳光里，湿润干净的土地充满了生机，星星点点的绿意显现出来。我抑制着兴奋，随手写下了一首诗。在田野，我闻到了春天的气息，一天比一天浓。这秘而不宣的信息，搅动着我的血液。我已经是五十多岁的人了，到了处事不惊的境地。可是春的气息依然让我慌张。我脱下棉衣，换上了单鞋。今天我要去集市，给我的马换掌，上午十点我牵着马走在去集市的路上。被大地喂养的草木一同加入我们的远行。

天气越来越暖和了，那辽阔的大地、蔚蓝的苍穹宁静而祥和，充满慈祥的光辉。大地的摇篮里我们能随处找到一块适合自己生长的地。

写下村庄

写下村庄，就写下了它的春风秋雨，它的缓慢，它的朴素，它的苍凉，它的野草，它的虫鸣，它的无休止的路，它的落叶满径，它的雁过留声、人过留名。它的暮色炊烟，它的冬天干枯的面容以及它的苍茫梦境。

几十年了，不，上百年了。一座村庄就蹲在了它的发祥地，不走，不离弃。因为在它的怀抱里有一群人要在这里扎根、养育、生存。他们的依靠就是一座村庄的坚实，说白了就是几座低矮的房顶，几堵厚厚的遮蔽风雨的围墙，还有几棵参天大树。怎么说，一座村庄都是笨拙的、不漂亮的。

自形成雏形那天起，你就黑丑、粗粝、大大咧咧，好像胸存万贯。

村庄啊，我不愿意诉说你的痛处，不愿意让你太难过。我只愿囫囵地说你的狭窄、弯曲，你的草铺。不说你的千辛万苦、灰头土脸。只说你的蓬草、星星、萤火虫，慢慢升上来的黑。

你的蓬草，都是有功之臣，它救过人的命。蓬草的绿就是春天，人们在春天里撒下一年的粮种。无数的蓬草养活了无数牲畜与家禽的命。冬天我们都愿意把柔软的蓬草铺在身子底下，用来御寒。蓬草永远是我们的朋友。

村庄你狭窄吗？在处理某些问题上，你是表现了狭窄与小气，但那是你维护因莽撞而被城市咄咄威逼的二愣。二愣天生地有着威猛与不服，站在城市面前，不是卑躬屈膝，而是大肆对抗，最后被城市按法制裁。此时，村庄我看到了你的柔软，你的不因小失大的情怀。你紧咬牙齿，一次一次咽下屈辱的泪水。

村庄啊，常常在深夜的暗里，注视你的贫穷、你的苍老、你的委曲求全。窗纸后面模糊的身影，你小声地说着话，重复着把风灭的灯盏点燃。在村庄的大野里，头枕田埂，仰望星星点灯。我心潮起伏，理解了你作为村庄的胸襟。你满身伤痕，一次次把我们往春天的路上带。

村庄啊，我愿意陪同你赤脚在雷雨中行走，在虫蛇中同眠；我愿意满身草籽走在你的街道；我愿意手捧艾蒿、牵牛、藤蔓、红薯的块茎，沿着集市述说你的淳朴。

村庄啊，我愿意是一头牛、一只狗、一张犁、一把锄。或者是一块砖、一片瓦，甚至是你的炊烟与河流。我还愿意是你干净的月光下均匀的鼾声。

村庄啊，走在你田埂上的都是我的乡亲，摆弄农具的都是我的亲人。那些从农家的饭桌上走出来、神情微醺、眼睛微眯的都是我的前辈。这一切好像存在了一千年、两千年，甚至更久。

村庄啊，每一次走在你的路上，我都百感交集，爱恨交织。我拼命在心底挖出依恋你的理由。我逮过一只漂亮的鸟，捉过一只漂亮的青蛙，一只蝴蝶曾擦过我的额头，一只彻夜不眠的蟋蟀奏着爱情奏鸣曲，一棵在清晨的路上向我们招手的宽叶草，一只只把我们带往美好事物的蜜蜂，这些都是我写下村庄的理由。

村庄啊，写下你就写下了你的屈辱与伤痛。我心翻滚，你的往事太多、太久。

小米真小

小米真小，我看它时不敢久看，很怕看羞了。

小米来自大地接近乳房的地方，含有大地的乳香。小米真小，我们用小口径的布袋盛它，手把口袋攥得紧紧。其实它与其他粮食一样不会轻易掉落在地上。小米掉落在地上，我们不知怎样捡起来。

一个生产队有很多土地，但是留给小米的只有很少的一部分，我不知道为什么。每次我都想追问皱纹很深的队长。后来，我又想，老队长肯定有他自己的想法。

我觉得小米是平原上最懂事的粮食，成熟时，首先把头颅低下去，向大地表示感恩。从那里经过，为小米的懂事理而心生悲怜。

炎热的夏天，不多的小米熬出一锅米汤，我们一家人喝。好喝，没有人说不。那是自然的香喷喷的微甜，喝在肚里舒服极了，人无法复制。解暑、解渴。喝小米汤时，我们谁也不说一句话，只感觉。米汤在锅里一点儿一点儿减少，勺安静地靠着锅沿，等着我们。谁也不忍心一下子盛到碗里多少，都是心知肚明，一点儿一点儿把汤喝完，不剩一粒米。

我看到母亲每次兜米，走得十分小心。她一小把一小把，把米放进器具。这时我就会走过来，把手伸进米堆感受米的沁凉。我从来没有见过母亲把米直接晾晒在屋顶，每次都是把一块白布铺好在屋顶上，然后，把米小心地铺开。母亲的动作让你感到小米的金贵，小米太小了。

小米太小了，它的忍让与柔弱是否与小有关系。小米从田野来到家，都是步行。每年这个季节，母亲就把屋子打扫得干干净净，并让我们把院子清扫干净，迎接小米。我想如果小米的头上戴上红头巾肯定像漂亮的新娘，刚好我弟弟还没有找到媳妇。我见过小米走过的路，没有留下痕迹。这是小米的先知，它不让我们在它消失的时候，依迹追寻。

有一年队长把小米忘了，母亲那一年就得了病。小米不知什么时候变成了我们家的一员。一个地道的农家不可无小米，哪怕只有一粒。在你离家很远的时候，小米安静地为你守家。

在万千的日子里，小米好像得道了，不温不火，静观万物，从来不仰慕鸡鸭鱼肉、熊掌牛鞭。我觉得小米是王，它有以小制大的能量，永不可小觑。

在温和的秋天时光里，碾好的小米刚刚装入白布袋，我伸出手掌竖插入米中，然后攥一把让它从指缝间泻流，黄澄澄的如细细的沙子。心里想小米实诚，再抓一把让它流。一会儿心里升腾起一种开阔的喜悦。从此与小米的情缘再也解不开。

小米太小了。它正道、豪气、温良、和顺。

大地上的两本书

有一天清晨，我把梭罗的《瓦尔登湖》和苇岸的《大地上的事情》两本书放在了大地上。我不是在作秀，而是我在清晨的时光里坐在院子里写文字，随手把它们放在了大地上。两本书没有散开，梭罗的《瓦尔登湖》在底层紧挨着大地，苇岸的《大地上的事情》在那本书的上面，它们没有完全整齐，而是错落着。就是这样的一个形式，它们让我感觉到了一个重要的提示。任何放在大地上的东西都是干净的。这两本书是伴随我一生的书，我珍爱它们，保存得很好，像刚买来的样子。每次读都有新的收获、新的启迪。两位作者的生活时代相隔二百年的时间，但有同样的观点，崇尚自然。都是思考的人与自然这个重大问题。提示人们人与自然的和谐才是人最佳的生活方式。两本书，作者都是非常率真地用简洁的文字，精当的描写，富有实体感。两个作者都深爱自然，与自然有不解之缘。致力于一生的时光，观察、体会大自然的奥秘与人类的关系。全书都是作者的真知灼见，充满智慧、灵感、力量和希望。

为了更贴近自然，苇岸三番五次地走进田野，观察日出、观察蚂蚁、观察蜜蜂、观察鸟儿的飞翔。这些自然之物都有自己的行为方式和生活准则，但都是勤奋的。

苇岸说："我观察过蚂蚁营巢的三种方式。小型蚁筑巢，将湿润的土粒吐在巢口，垒成酒盅状、灶台状、坟冢状、城堡状或松疏的蜂房状，高耸在地面；中型蚁的巢口，土粒散得均匀美观，围成喇叭口或泉心的形状，仿佛大地开放的一只黑色花朵；大型蚁筑巢像北方人的举止，随便、粗略、不拘细节，它们将颗粒远远地衔到什么地方，任意一丢，就像大步奔走撒种的农夫。"

两本书的封装都是大地的颜色，标题也是与大地一致的，但作者的名字都是小号字体，就像大地深处站着的几个小人。

非常感谢作者耗费毕生的心血，为我们奉献如此珍贵的两本大地之书（苇岸仅仅活了 39 岁）。今天是多么巧合啊，我把两本书在同一时间放在了早晨的大地上，此时的空气清新，正有鸟儿在树枝上鸣叫。

两本书自然地与大地吻合着，不沉重。就像智慧与智慧融合，看上去干净、自然，没有一点儿紧迫感。我多么希望在我的人生道路上有这样的第二次的巧合，而不是故意。两本书在大地上，仿佛大地托着两个智慧的孩子。

农　舍

我觉得人类百分之八十，与农舍有割舍不断的情感。

无论我们旅行，或爬山，眼前突然出现一个农舍，就倍感亲切。这是我五十岁以后，非常奇特的一个感觉，我觉得你们也会有同感。

也许是因我们在农舍里居住过、生活过。农舍生活的经历，刻骨地印在我们的脑海里。一处不大的院落，掩映在杂乱无章的浓荫里。土炕，乌黑的墙壁。在一侧的墙壁处放着一张红漆方桌，桌子上放着简单的梳子、镜子、油灯。

由于家境贫寒，我们的父母一再强调我们使用镜子时要小心，生怕摔碎了。我有过镜子摔碎的经历，那是我们兄弟二人争夺时镜子掉在地上摔碎的。后来，我们遭到了父母的惩罚。

农舍，就是这样简单，没有电灯，没有电视。最边上的那间房屋放着收获不多的粮食，为了避免耗子啃食，粮食放在瓮里。有几件农具紧靠着粮仓。中间那屋，有的做了厨房。

孩儿时期，我们在屋地上爬来爬去，那里有数不清的尿涡。我们耐心地玩着自己的简单、毫无启示的玩具，妈妈匆忙地做着晚饭。有时我们把尿泥塞得满嘴都是。我们的行为引起了母亲的斥责。

农舍就是这样简单，几件生活的必需品，填充着房屋的空间。我们在农舍里生活了一年又一年，听不到外面的消息。我们纯洁的思想没有受外来情绪的干扰。

农舍的小院，更是简洁，不大，围墙也是竹篱笆。门是几个简单的木棍相插，为的是拦截野猪。小院里生长着几棵榆树或槐树，也许还有一棵香椿树。树是自然长出的，没有人工雕凿的痕迹。院子里的一角有一个鸡舍，鸡舍的门敞开着。清晨，鸡依次从鸡舍走出来。傍晚，鸡依次走进鸡舍。走进走出，没有一只鸡抢先。

这就是农舍，朴素、自然，再加上主人的淳朴、好客。一座简单的农舍饱含着浓浓的田园之乐。在那里生活上百年也不厌烦。一座农舍，如果单独坐在山坳，左右没有热闹的邻居，更显孤单。但它的孤单具有了使人惊诧的美。

德语作家黑塞，有一篇名作《农舍》。当他与家乡的农舍告别时，怀着格外强烈的情感，把这幢房屋画在了笔记本上。黑塞说：“无论我身居何地，我都会在迎面吹来的湿润的风中遥念我的家乡，那低矮的农舍。我这样的人，一个无牵挂的流浪者，本来不该有什么乡愁。但我懂得乡愁。我要像品尝我的欢乐一般，去品尝我的乡愁。”

一座农舍它的魅力也许在于它的极简，以及它的主人极简的生活方式。在这里一切都是简单的，简单的思想、简单的行为。它会感染你，鼓动你从闹市的繁杂里脱出身来，削弱思想的重担，让人过真正人的生活。种地砍柴、放马牧羊，在微弱的灯光里计划明天的事情。然而这只是一种诱惑，没有人真正能做到。

我爱农舍，无论在哪里遇见，我的心潮就剧烈地翻滚。

上　学

我们在村里上完小学就考到了乡里，乡里的中学在一个沙岗上，也就是在我们村东北方向，距我们村三里地。中学设在这里为了方便几个村庄的学生。那时已经改制，乡里没有高中，只有初中。我们在那个地方上的就是初中，时间一年（因我们在村里上了六年级、七年级，在那里上的是八年级）。

我很喜欢那座学校，宽敞、亮堂。每天我们几个同学急匆匆地背着书包从村庄出发穿过麦地来到学校。更重要的是，那个学校的老师都有很高的学历，师范大学毕业的。

英语老师个矮，但，是大学毕业，每次上课说出单词时，脸色必红，好像不这样那个单词就从嘴里出不来。

数学老师更是有意思，个高、秃顶，他有着非凡的经历，他虽然没有上大学，但听说是石家庄市几中的高才生，由于生性骄傲，口出狂言被时代打成右派。但我觉得此人生性善良、和蔼，没有大发过脾气，只是数落过几次学生。爱说的一句话是，撅着屁股看天——有眼无珠。数学老师姓刘，但他也精通英语。英语老师不在时，他就代课，他说得一口流利的英语。那时他的小儿子与我们同班，学习不好了，他会当着我们的面惩罚他。有时巴掌扇在他小儿子的脸上，教师顿时鸦雀无声，他儿子的眼里闪烁泪花。我当时就觉得他不该这样，孔子让我们当面教人、背后教子有一定的道理。刘老师那么高的学问，不该不知道这点。最突出的是他常戴一条白毛巾，像一个农夫。他从来没有戴过帽子。这是他的个性，但他的深厚的学问让我尊敬。他已经去世十多年了，我怀念他，但还没有专门的文字献给他。我想我肯定是他教过的学生里唯一一个搞写作的人。2013 年他的孙子结婚时我们都去了，为的是看望刘老师，刘老师那时已得了偏瘫，走路走几步停一会儿。我们相遇时心里莫名的难过，但我们没有办法帮助老师。

语文老师是一个刚从正定师范学校毕业的青年，姓郭，专业学得很好，他讲课有自己的一套理念，我们听得进去。他以前是一个开拖拉机的，1976 年恢复高考，他考上了师范。毕业后就直接来到了我们学校，不过他也是当地人。郭老师也是一个有心的人，很怕我们学不会，苦口婆心。我们毕业以后不久，他就去世了，听说是得了脑出血，心里沉重了好长一段时间，难于表达我们对郭老师的感激之情。后来在郭老师的周年忌日，我们几个同学约好在他的坟前栽了一棵小柏树。

物理老师也很好，课讲得仔细，同学们聚会时时常念叨他。他现在还在世，听说在石家庄他闺女那里居住，我想联络几名学生去看望他，现在是机会。

唉！上学真好，那美好的时光一去不复返了，我们只能追忆与老师在一起的日子了。

屋顶上的快乐

想念屋顶，小时候我们常常在房顶上过夜。

凉爽的夏夜，吃过晚饭，我们拿上草席登上屋顶。被烈日照射一天的屋顶，还留有很高的温度，光脚踩上去有温热的感觉。我和弟弟、奶奶在屋顶中间铺开草席，躺在上面，面对浩繁苍穹。稠密的星星布满天空，各自发着光亮，有的昏暗，有的明亮。我们好奇深远的夜空，遐思无限。

奶奶利用仅有的一点儿知识，指给我们那片稠密但不很亮的星群是银河。并告诉我们牛郎与织女在每年的七夕相会的典故。一年见一次面，真够残忍的。后来我们相继知道了北斗星、启明星。

北斗星是黑夜人们辨认方向的，茫茫黑夜没有参照物，没有伴侣，孤苦的旅人在陌生的异地就是靠了北斗返回故乡与亲人团聚的。诉说旅途的险峻，但大部分旅人把旅途的艰辛埋藏在心底，不让家人牵挂，故意把旅途讲述得富有诗意，极具冒险的快乐。每次远行都是明亮的北斗七星，指引了方向，走出荒原。

美丽的启明星，是时间的指针，过去乡下没有钟表，早起的农人就是靠了启明星判断时间的进程的。早起的农人，打开门扇的第一眼就是向东方瞭望。启明星大于其他的星星，而且硕亮，很容易辨认。在茫茫夜空它好像距离地球最近，但只对地球永远取观望的姿势。

美丽的夜空给了我们无边的遐想，在遐想的神秘与预知里，我们不知不觉睡着了。等我们一觉醒来便换了天地，我们置身在黎明的晨曦里，潮湿的空气把我们的被单浸湿，天空渐亮，一颗星星也没有了。而东方正有红彤彤的太阳冉冉升起，仿佛从另一座村庄升起的那么亲近、美丽。

奶奶不知什么时候离开了我们，她去做早饭了，房顶的烟囱冒着浓密的柴烟，升上天空。我醒了，但还是不愿意起，身边弟弟依然在睡梦中。他的睡姿难看。弟弟有夜游症，深夜时常独自起身走下房顶，说不定走到哪里。奶奶时常关注着他，怕摔着。奶奶为了看好弟弟睡觉很轻，我们在房顶睡觉给奶奶带来了麻烦。但我们不理解奶奶，每晚必到屋顶睡觉，凉爽的夜风吹着我们燥热的皮肤，有时睡到后半夜觉得天气凉爽了，肚皮冷了。

乡下清苦，没有电扇，正值伏天，空气闷热得人们简直喘不过气来。来到房顶酷热一下子消散了。那是绝好的享受，没有蚊虫，空气里还夹杂着庄稼的芬芳。

在屋顶上谁也不愿意马上入睡，让美好的时间悄悄流去。都是嚷嚷着让大人讲故事，在夜深人静的时候，我常常听到邻居家的屋顶传来悄悄说话的声音。有时还听到大人叫孩子起来撒尿的声音。急促，但怕惊扰四邻的那种压抑的声音。

美好的乡村夏夜，给我们留下了美丽的记忆。我们的童年就是在这样的简陋、缺乏玩具的岁月里度过的，没有迷人的现代游戏，枯燥、无聊。但凉爽的屋顶给我们带来了乐趣，时常想起，有时不自觉地发笑。

现在，人们都居住在高大的楼群里，居室里有了电扇、空调，谁也不到屋顶睡觉了，再也体会不到那份乡下的、天然的乐趣了。

美好的乡村夏夜让我怀恋。

那些土还在老地方等着我

多么危险呀，我差一点儿就把它们忘了。有了一点儿小资本，就飘起来了，这几年我变得虚伪了，疏远了土地，一有时间就玩，游走。心里对土地的亲近感一点儿一点儿被浮华腐蚀掉了。这多么危险啊。我知道一个人离开了土地，就真正离开了人生。我把这句话不止一次地讲给我的朋友听，我的朋友们也认真地去做了，因此他们的生活变得丰盈，他们都感谢我，可我却背道而驰。我突然的醒悟是昨天晚上听了立德读书会上的一篇文章，《为什么没有大满？因为小满刚刚好》，它的基本意思也就是我们老祖宗经常讲的问题。“过满招损，过满则溢，小满不多不少，一切刚刚好。”我们的老祖宗不但教给了我们生活的基本常识，还让我们智慧地活着。只有智慧地活着才能避免生活中遭际的坎坷与不幸。好了，不说废话了。还是去看我的土地吧。

天刚亮，我就走出了村子。村里早起的几位老人用异样的目光打量着我，他们不知道我匆忙的意思。若是往常，我定会给他们打招呼，送给他们祝福的话。可是，我心里装着事，没有了其他的心思。

我走到了我的土地上，它们好似对待我的态度上有了改变，这不怨它们，是我的错。我觍着脸一步一步从它们的身旁走着，有一块土确实生气了，它瞪了我几眼，有一块土侧着身与另一块土说我的不是。我来了它一句没有停，它就是要给我一个明显的态度。只有与我吵过一次架的那块土，看见我，脸上露出笑容。我走到它身边，它示意我蹲下，我当然知道它的意思，我蹲下来抚摸着它粗糙的手臂，它满怀深情地说，一个人，忘了什么也不要忘了本呀。一句话说得我脸红起来，我想解释，可是有些事情越解释越乱。我只好沉默，任我的血液在我的体内急遽地流动。

我离开了那块土，向前面走去。我看见一块土不知道为什么，竟不长一棵小苗，就那么白着。太阳也不知道原因。风儿也不知道原因。我知道什么原因，我心里塞满了自责。我近一段的所作所为，有违我曾经许下的诺言。我曾经发誓，一辈子不离开生养我的土地。我的思想发生了波动，一切归根于我，是我的立场不坚定。人怎么这么容易改变初衷呢。我知道社会里存在着各种诱惑，人是容易被事实扭曲的动物。现在，我再一次发誓一辈子再也不离开土地，不离开生我养我的村庄。生活简朴、态度和善、勤劳自勉。

我一边走着，一边深深忏悔着。我没有掉眼泪，掉眼泪是土地最看不起的事。我默默走着，身后好似有一个声音在说话，那意思是你是泥土之人，无论走到哪里都不是你的乐园，你不适合在场面上混，你的快乐就是我们给你的，还好你醒悟得早。

在土地上转了一圈，心里踏实多了，有一股风吹过来，吹得我心里好爽。太阳升起来了，它把最好的光给了土地。

秋　雨

立秋以后，天空舒缓了许多，没有了夏日的烈日暴晒。如果说夏天是一位血气方刚的青年，那么秋天就是一位老成持重的中年人。

立秋以后的天空，大多时候是阴沉的，好像一位刚刚失恋的男人，心情沉重，没有了精气神儿。也像是对夏日的追怀。天空好似孕育着雨水的海洋，但是，无论如何秋雨不是夏日那种说来就来的雨，让人躲避不及。秋雨总是让人们心里有所准备。秋雨缠绵，这是诗人早就发现的作态，但也柔情，即使雨点落在身上也不觉得烦乱，反而觉得清爽。秋天的雷声也不像夏日劈柴似的雷声，让人恐惧，而是在很高很远的天空脚踏实地地滚动，让人听着声势浩大，有不可阻挡之势。

下雨了，下雨了。雨点缓缓地落着。落在了田间干硬的小路上，落在了广大的玉米叶子上，落在了开着小花的花生叶子上、红薯叶子上。只是落在上面不是砸在上面，落和砸有根本的区别，雨点落在上面就洗净一小片尘土。时缓时急的雨点下了个把小时就停止了。这时整个田野清新一片。所有的庄稼都十分振奋，那棵被牛不小心撞倒的玉米也兴奋起来，它就倒着长，一点儿也没有自卑的表情。那么多的玉米同时生长在村庄的田野上，说不清谁被牛不小心踩到。因此，谁也不去嗤笑对方。

我们整日走的那条小路十分新鲜，所有走过的脚印被秋雨完全抹平了，就在一棵小草的旁边一枚银戒指突然映入眼帘，这是哪位恋人这么不小心把心爱的东西掉在了路上？也许当时找不到急出了眼泪，太阳落山了，一下午的寻找也没有结果，年轻的小伙子不得不说再买一枚。最后不得不遗憾地离开。

棉花的叶子上还滴着水滴，棉花也被雨水湿透了。那些小虫子，趁主人不在匆忙地跑出来。蛐蛐暂时不叫了，它们在整理衣裳。那些飞蛾停止了飞舞，晾晒着湿漉漉的衣服。

大雨过后的天空仍飘着雨丝，微微晃动的草尖上满是明亮的水珠。

玉米和高粱很端庄地在我们面前站着，他们代表了我们农人的风骨，我的诗歌里经常歌颂他们。在我的文章缺少底气的时候我就把他们请出来。他们是我们农人过日子的基础，是我们精神的支柱。

那一片庄稼，像一群孩子无边无际，对他们的爱抚，是农人的责任。在秋雨后的大地沉静里，父母们来到田野，他们要看看这一群孩子是否受伤，我看到父亲的眼里蓄满了平日看不到的东西，我知道那东西与岁月和雨水有关。父亲那专注的眼神、雨丝中的眼神我一生都不能忘记。这眼神在我离开家乡到外地谋生时重新在我眼前出现了一次。在我的心里又狠狠镌刻了一次。

一阵风刮起来，路旁的豆叶子像丝绸一样飘动起来，那些雨滴很快被吹落了。玉米的叶子也动起来，开始很缓慢，试探性的。后来无所顾忌地摇动起来，哗啦声此起彼伏。接着高粱地里也时快时慢地响起了哗哗声。

天空里的云彩还没有完全散去，沉重的乌云还蓄着雨意。

一会儿，又一阵雨过来了。一只幼小的兔子像是受到了惊吓，从红薯地逃到了玉米地。

天上的云块不停地移动着，时而变得浓了，时而变得淡了。远处的村庄罩在雨雾里。又一阵风过去，雨点突然大起来。散碎的雨珠在玉米、豆子的叶子上跳动，在肥硕的冬瓜叶子上跳动着，在整个田野上跳动着。同时声音也越来越嘈杂了。哗啦声、唰唰声、叮咚声汇合在一起，像是在呼喊、吵闹……

村庄的早晨

三月的一天早晨，我走出村庄，辽阔的田野一下子跃入眼帘。日日不同的新鲜境遇是我不离开村庄的主要原因。

天空干净，没有云块，太阳从东方升起来，耀眼的光芒普照大地。而大地上去年初冬种下的小麦已经葱茏。有小片的菠菜，大葱已经翻绿。有人已经种上了土豆，白亮亮的棚膜覆盖住孕育中的豆种。

我仿佛看见时光安静地停在田野上，等待勤劳的农民。

随后我看见人们陆续从不同的街口走出村庄，是男人，有人扛着铁锹，有人扛着铁耙，有人驾着马车走向田野深处，车上装着犁铧和耙子。有人一边走一边揉着惺忪的眼睛，看样子昨晚没有睡好觉。阳光照在每个行走的人身上，有的人身上沾着昨天劳动的泥土，在阳光的照射下很显眼。但每个人脸上都呈现着劳动的热情，显示出心情的愉快，没有因劳动的疲倦而显示出厌倦土地的表情。说实话，现在土地的种植因为机械化的普及，人们不会像过去那么劳累。

人们向各自的土地走去。暖和的春风从远方吹来，茶杯高的麦子摆动起来，同时摆动的还有细薄的菠菜叶子。春风吹又生。生就是生命，就是去年生命的复苏。严厉的寒冬让薄弱的生命逝去，春风又让亢奋的生命得以成长，这大自然的规律不是人可以改变的，我们只有遵循。

仔细看大地上升腾起淡淡的雾气，那是万千生命呼吸时的表征。

天空晴朗起来，鸟儿起床了，还沉浸在睡意当中，没有显示出血液急速流动时的亢奋，它们在树枝上蹲着、观察着，思考着今天去哪里觅食。褐色的羽毛在阳光里也如水洗过一样。没过一个时辰，它们就欢唱着在蓝色的天空划出一道道优美的弧线，每在春天柔和空气中都显得精神焕发，这一年中最好的季节，它们知道该怎么做，知道把延续生命的卵产在何处。那些因我们的劳作惊起的小飞虫在低空里盘旋着，寻找合适的机会再次赴入麦叶中。

空气中有果树的香气，那是肯定的。西面百亩果园里的桃树、梨树已经花开枝头，香气是从花心蔓延开的。我没有看见包裹幼芽的外衣是如何裂开的，但我感受到了新生命的力量在空气中穿梭，膨胀的力轻轻挤压着我的末梢神经。年复一年我总是焦急地期待着这个季节的来临，希望新生命的奇迹通过不同的形式发生，我以清晰的思路目睹、感知、体会力量和美。再过一个月苹果树也会开花。整个春天田野都被花香浸染，连空气也被搞得清清爽爽。要不那些闯过寒冬的孱弱的老人，每年“春分”一过就惦记着让家人推到田野上呼吸多氧的空气，补充身上的阳气。

那些刚卸下车的马趁车夫小解的机会，平静地咀嚼起去年树根处落下的叶子，一面用眼角窥伺着主人。

随着农业机械化步伐的推进，众马消失了，只有几匹马还坚持着乡愁。由于持久的农业情结，它们不愿意离开土地、离开田野。愿意与农业和农民一同迈向新的农业文明。

一个叫瑞瑞的年轻人，想在农村大作为一番，他承包了三百亩土地，种上了早上市的黄桃。如果走过去看一眼你就会喜欢上这片还在初期的桃园，充满活力的树苗整齐地站在土地上，朝气蓬勃给人以希望。

突然我的手机响了，妻子打来的，告诉我饭做好了。告别瑞瑞我向村庄走去。此刻太阳已经升到有两个电线杆高了，光线也强起来，照亮了村庄的门楣。褐红的门脸上烫金的门匾反着铜质的光。门口有早起的儿童玩耍，手里拿着塑料长枪，旁边有大人看管。一只小黑狗目不转睛地盯着儿童的一举一动，其实它想着儿童手里的那块面包。

村庄的上空有数十只白鸽子盘旋，鸽子是军军家的，已经饲养了十几年了，军军是我的同学，性情温和，遇事从来不与人计较。我曾说过一句不中听的话，我说，养那个干什么，又脏又麻烦。军军说，我愿意听鸽子的鸣叫，“咕咕，咕咕”多么瑞气。

鸽子在空中盘旋，在空中的阳光里盘旋，有时它们的翻转正好被阳光照射，明亮极了。

回村的路上，我看见那么多的灰喜鹊也飞过来了，在道路两旁的杨树枝上起起落落，并发出“叽叽”的鸣叫，好像是“嘻嘻，嘻嘻”的谐音。有时一只因找不到合适的位置在已经落下的同伴前犹豫片刻就立刻决定寻找其他的位置。真是天性使然，不争不吵、不急。我看着它们的飞动心里悟出很多人生的道理。

这时整个田野已经布满了太阳明亮的光线，那些还没有走出来的小草肯定已经感觉到了大地的暖意。

春天的田野是亲切的、温情的、含蓄的，它使诗人的灵魂涌动不安。使匠人满怀信心，在新的一年里的开端，打造出精品。使农人安下心来，耐心耕耘，滤去一个冬天带来的骚动与不安。面对一个和煦的春风拂面不寒的春天，天下谁人不喜欢呢？

村庄的黄昏

晚星带回了
曙光散布出去的一切
带回了绵羊，带回了山羊
带回了牧童回到母亲身边

——萨福《暮色》

萨福这首《暮色》好像是给我们村庄写的。

夕阳落在山尖的那一刻，仿佛停止了，好似智者静静地凝视着它照过的大地、村庄、河流，查看有什么疏漏。大地从容，村庄宁静，河流欢畅。一切都在满足中。

此刻夕阳的光芒不太强烈，适合劳动的人坐在田埂上休息一会儿，而后回想刚刚劳动的一幕。而另一部分光芒静静地照耀着一座村庄的屋顶、墙壁，照着一座座吉祥的农家院落，照着院落里抱柴的母亲，照着准备进舍的柴鸡。屋檐下的麻雀准备入巢，小眼睛有些干涩。那棵枣树几乎屏住了呼吸。

父亲的驴车走在回家的路上，驴疲倦地行走着并不急躁。驴蹄落在地面上时发出的是椭圆的声音。驴车向前，椭圆的环环环相扣，有时发出不利索的碰撞声。夕阳把他们的影子投射在东面的土地上，长长的，如果不看真实的情况，根本不知道那长长的影子为何物。影子里驴腿很长，在驴肚和车帮的阴影之间是父亲的双腿，不动，凝住一般随着车轮的滚动木偶似的向前移动着。父亲的脸色被劳动的疲倦遮掩了，没有笑意。如果是早几年，父亲身强力壮，每天收工他都要吆喝几声，嗓音亮堂，惊得飞鸟复还，驴知道怎么回事。母亲听到了，就会自言自语地说，不知吃了几碗干饭。这一切夕阳全看在眼里，没有言语一声，只是微笑了一下。

田野里一切事物呈现了收势，庄稼和树木不再喧哗，叶子收敛了光华，鸟儿的飞翔迅疾了，它们往巢处赶路。每天它们要飞很远的路寻找食物，不说一句辛苦。有时奔赴很远的一个婚宴。它们与人类一样有自己的交际关系，有了充足的鸟脉才能混得如鱼得水。

大地逐渐安静下来，劳动的尘埃缓缓降落着，回到原处。一切俱像一场繁华的盛宴，客人已离去，剩下空荡荡的大厅。

夕阳照着温驯的羊群，缓缓走下山坡，腾起的烟尘中有浓重的膻气，牧羊人已收起了羊鞭。村庄的方向已铭刻在心，无须仔细辨认。它们吃得肚圆毛奓。山坡上的青草仿佛为它们而生，浓烈的羊膻味在空气中飞扬着。

牧羊人是一个矮子，不仔细辨认还以为是一只长着灰毛的羊。今天牧羊人没有唱牧羊曲，有时唱，有时不唱，这得看心情。不过他要唱起来很多人竖起耳朵听。此刻牧羊人尾随着羊群行走，无须吆喝，只是瞪着眼睛盯着下山的路。

一座村庄在傍晚时分要容下万千事物，它坚实的围墙和厚厚的屋顶以及铁实的栅栏足以把危险拒之门外。这是它的本分。

夕阳里升起的炊烟又是别一番风味，像一位深沉、饱蘸情感的老诗人，用略显沙哑的喉咙吟咏着村庄的精美。

夕阳终于满意地落山了，留下了它的大地和村庄。广阔的人间，有树木和奔流的河水。河水不会在夜里停息，猫头鹰不会在夜里停叫。

夕阳在落下去的那一刻是静美的、安然的，也是威严的。它知道当它重新升起时，一切会秩序井然，不会改变。大地上的一切都会按照它的指令行动，都会以微笑迎接它的光芒，并把它的光芒折射到更需要光芒的物质上。比如老人、儿童。

夕阳落山之后大地和村庄逐渐被黑暗淹没，这是大自然的规律，因为只有在黑夜人们才能睡眠，只有睡眠才有精力从事更有魅力的劳作。有时为了劳动的人们休息得更好，上天赐予大地最黑的笼罩，伸手不见五指。

有的人为了追赶已逝的光明，燃起了灯盏，灯盏在村庄的夜里依次亮起，透过窗纸照射到院子里的一些小物件上，能看到那些小物质微弱的呼吸，那些还没有睡熟的小虫子误以为天又亮了。那些小物质还有铁锹、扫帚、拖把、竹筐、绳子、牛车、灰瓦、马的一块铁掌。播种的耧以及犁地的犁铧或者从树冠上掉落的一节树枝，这些小物质在我的生活中特别随和没有分歧，可靠得很，没有背叛之意，各尽其职。

十点以后，村庄完全陷入了黑暗，人们吹灭了灯盏，光芒回到了光源。身体放在了炕上，躯体重重地被土炕托着，没有睡意的夫妻会悄悄地说着家常，他们小声说话的声音，有时被风送出很远。

夜色就在院子里深潜着，无声，而且时光继续。

每一个安然入睡的人都是健康的，都会以一个健康的体魄迎接一个崭新的黎明……

一些事物只要我们稍微帮助一下

一些事物只要我们稍微帮助一下，就能顺利度完一生。

我是农民，有过这方面的经验，我所接触的都是有生命的东西。庄稼有生命，野草有生命，树木有生命，蔬菜有生命。当那些有生命的东西面临困境时，比如干旱、虫蚀，它们束手无策，等待的就是死亡，绝望的表情袒露在脸上。

这时候它多么希望有一双手伸出来，伸到它的面前。拯救它们只需我们一点儿时间，我们从水源提来水，从农技站买来药品，这些足够。可是一些人守住自己的时间什么也不做，甚至休息日也没有时间做这些事，因为这些事对他们无关紧要。

这些人存在于社会各个角落，凡事首先考虑个人的利益。从心里说，我看不起这样的人，我从不跟这样的人打交道，让他们空耗我的时间。

我每次遇到这样的事情，总是把手头上的事放下，先做眼前这些亟待解决的问题，因为生命是头等大事。我安心地做下来，心情很好，因为我做的是公德，我做过了心里舒服。我看着那些遭受干旱的植物，慢慢恢复元气，生长出新的叶芽，心里兴奋极了，因为我拯救了生命。生长出的叶子在明朗的阳光里，快乐地伸展着，承接着大地的露水，天空的阳光，我看得出它们心里的愉悦。我每次经过它们面前，每一片叶子都给我招手，并送上祝福。我仅仅是举手之劳，却得到了百倍以上的感恩。这就是社会，我们的付出终会得到大自然的馈赠。

当然得到馈赠并不是我的初心，我就是从本性出发，我的本性来源于我的父母，我的父母都是天生善良的人、本分的人。没有文化，每天却做着文化人应该做的事情，而我有文化，我做过，但我不追寻意义，意义每个人都有不同的理解。

这个社会上最可怕的是小人，小人无处不在，他们消极的力量无处不在宣说，他们有好的口才，在自己的占有欲上，还鼓动善良的人从之。他们无处不在搬弄是非，在对方生命紧要的关口，冷漠、寂然，没有一点儿同情心，甚至抱着恨你不死的心愿。

秋天，我曾经帮助过的那个北瓜成熟了，鲜艳、饱满的果实悬在木架上。我按照妻子的愿望，一天早晨洗净双手找来小凳，熟练地登上小凳，摸着了那颗果实，心里的幸福难以言表。果实潮湿的表面，有成熟的气息。我兴奋地用双手托着，走回厨房。此时我的样子一定像收获时的农民的样子。

我们人类，生存于这个聚集满满的世界，谁也说不清自己的遭遇。每天考虑的就是赚钱，为了赚钱甚至放弃了底线，哪管他人瓦上霜，自己活得痛快就行，殊不知灾难就横在你的头顶，说不定哪一天、哪一个时刻就会降临。此刻小人表现的是临时抱佛脚，哀求，一脸悔恨的样子，恨不得把抱住的人叫亲爹，这是多么耻辱的形象！我泱泱中华，上下五千年优秀文化，造就的竟还有如此小人，可笑、可叹。

人啊，善良不是错，勇敢地去做吧。滋养自己的品质，提高自己的人生质量。让世界的爱满满的，到处盛开美丽之花。

树一直在帮助我们

在我们村庄的田野里，生长着很多树，有杨树、槐树、榆树。我没有看见栽树的人，看见树的时候已经碗口粗了。蓬勃的树冠，有风的时候就随风摇摆，没有一棵树冠逆着风，因此树与风很和谐。有时风很大，风好像受气了，就把愤怒发在树冠上，这时树很无奈，有苦说不出。树的一生肯定吃了很多苦，再苦的苦只是自己明白，从来不与人诉说，不像人受一点儿委屈就诉说得满村都知道。

没有风的时候，也是树最安静的时候，也是树最美的时候，树安静了整个田野都安静了，树安静了整个村庄都安静了，整个村庄里的人都安静了。我看见过人们安静下来的表情，那是真正的人的表情，是诗的表情，是一个人幸运的表情，是感恩的表情，在这个社会里，我们每个人每天都怀着感恩的表情多么好啊！是啊，让我们感恩的事物太多了，我们每天喝的水，要感恩。生长粮食的土地要感恩。感恩养育我们的父母。这是人生最基本的道理，可是有的人不知道感恩，不懂感恩，一直认为拥有的一切是必然的，多么幼稚的想法啊！他们的脸上一直是别人欠他钱的样子，一点儿也不和善，怒气满脑，看见谁都不顺眼。你们想想这样的人办什么事能顺利？实际上我们生活在和谐的社会里，凡事顺应自然，一切就会顺利，顺利就是福，就是命运，就是好。

还是回到平静辽阔的田野里吧，空旷的田野里，如果没有树就是荒芜，就是最大的寂寞，最大的寂寞就是坟墓。家园必须有树，那些栽树的人我没有看见，我来到的时候他们已经退场，他们栽树的姿势我没有看见，想法我不知道，但他们留下了树，反正我一看见那些树心里就很舒服。我是一个多事的人，没事的时候，我愿意站在一棵树下看树、摸树。树皮是光滑的、潮湿的，抚摸时那种本身的沁凉让人舒服极了，它粗糙的伤痕使你知道做一棵树也不容易，树经历的一切也是我们经历的一切，树的一生也是我们的一生。好好爱一棵树吧，我们同是母亲身上掉下的肉，在这个整体的世界，不要分你我。

树无私地生长着，我们同呼吸一样的空气，同观看一样的蓝天，同迎接一样的风雨，我们不比一棵树高贵，甚至树教会了我们生活的真理。树本身是哲学家，它的一片树叶就是一篇充满诗情画意的经典文章，与一棵树相处久了我们就会像它一样豁达、从容，就不会计较。那些茂盛的树木，陪伴着我们在田野里劳作，累了我们就坐在树下休息，灼热的阳光晒不着我们，那些美丽的鸟儿在树冠里为大地歌唱，同时我们也享受了鸟儿天使般的歌喉。有忙碌的蚂蚁爬来爬去，有小草在微风里舞蹈，没有城市里高楼的遮蔽，没有汽车的轰鸣声，没有油烟味，全是新鲜的空气、粮食的气息、蔬菜的味道，这就是上帝的生活，神仙的日子。可是有的人却意识不到这一点，真是可怜。

院 子 里

一

现在是五月，五月里一切事物好像都很柔软。树枝的硬骨已被树叶遮蔽，葡萄长出了长长的藤，它的顶部还保持着茂盛的生长力，几片叶芽粗壮、厚实。核桃树的叶子像爷爷的手掌那么大，筋脉清晰，三十多枚果实已经像大枣那么大了，被叶子遮蔽着，如果不仔细看，看不到。核桃树不大，也才四年的树龄，它去年就挂果了。我们不知道什么时间采摘它，生怕有什么不测，七月底玉米还没有回家，妻子早早就摘下了它。我责备妻子，妻子的理由很充分。最后，我说养养吧。妻子把它们搁置在窗台上。每天太阳升起来，就照到了它们。一个月过去，我试着打开了一枚，已经很好吃了。

枣树也长出了五角硬币那么大的叶子，有的有一元硬币那么大。枣树的叶子虽然鲜嫩但不如葡萄的叶子看着舒服，枣树皮的粗糙已被我们忽视，浅黄的叶子已经遮蔽了它冬季萧条留下的影子。这棵枣树大碗口那么粗，我根本不知道它是何年种植于此，但我知道它是外祖父种的。年年结下甜的枣子，八月枣熟的季节，我就爬到房顶采摘（有两个树枝伸到了房顶）。我最爱花生与枣子一起吃。花生收获的时候，枣子已抽去了水分，收获的枣子被外祖母搁置在了苇箔上。它们同时被晾晒在房顶，失去水分的花生，咀嚼起来是香味绕口，那是另一种滋味的可口。我想只有乡下人熟悉这种味道，没有新鲜花生的生硬。我是一个调皮的孩子，每天下午放学，就把书包放在门墩上，迫不及待地攀上房顶。房顶上面的佳肴早欢迎我了。我抓起一把花生，拣几颗饱满的红枣。往嘴里放几颗花生，就放一颗大枣，慢慢咀嚼。那是乡村特有的味道，虽然找不到具体的形容词，但它又香又甜的味道总是诱惑着我。外祖父母在田野里劳作，现在还不是收工的时候，我一个人躺在夕阳笼罩的房顶，一边咀嚼美食，一边仰望蓝天瞎想。有时不知不觉，天就黑了。我迅速滑下房顶赶紧跑进厨房，有时外祖父母收工了责问我为什么饭做得这样迟，我总能找到合适的理由。

今年，院子里我种上了黄瓜、白菜、油菜、韭菜，还有西红柿。豆角有一尺高了，当然北瓜、丝瓜是年年必种的。黄瓜长出了小黄瓜，小小的，极嫩。我不忍心总看它，很怕看羞了。我用了很好的有机肥，黄瓜的叶子黑亮、茁壮。

白菜很嫩，它是乡下极早上市的菜，我们每天吃它。菜叶上长虫子了，我就用手指把它们捉下来。那些虫子很可怜，我发现它时，就迅速蜷缩起来，这很可能是为了减小目标。我抓到它们时还抗拒，它们没有一点儿反抗能力，通体绿色，脚和嘴巴都是绿色的。但它们咬菜叶的速度是惊人的，它们拉屎从不选择地方，就排在绿色的菜叶上，绿色的像小米一样大的颗粒。

院子里接上水管了，我随时都能把缺水的菜浇上一水。

昨夜下过一场小雨，院子里所有的叶子都湿了，向阳那面北瓜的花朵也不艳了，它们都在等待着阳光。蜜蜂还没有飞来，天气不好，蜜蜂肯定不急着飞过来，那朵被蜜蜂采了一半的花，显得有点儿沮丧；那根被失恋的麻雀踩倒的大葱，还没有站起来，那只麻雀的叫声显然沙哑了。鸟的叫声，从邻居家的树上传过来，像波浪一样流经我家，咕咕鸟站在我家的房檐上，眼睛一直看着我，它的目光从来没有锐利过，我感觉我们的目光对世界的反应是一致的，它不知道我今早写的诗，送给谁。起风了，杨树的叶子哗啦起来，可是，院子里的菜叶始终没有动。

窗前三米处有一个石桌，实际是一块废水泥预制板，下面支起了八块砖，看着舒服，上面放着两盆花，不开花只长叶，一盆玻璃翠，一盆虎皮兰。十来天浇一次水，没有时间仔细欣赏，它们知道我忙，就自己生长。石桌上放着一块磨石，磨石上沾着尘土，已很久不用了，有时石桌上放择净的菜，豆角、白菜、大葱，还有其他的。有时顾不上吃，它们就被太阳晒得蔫，现在放着三个快熟的柿子，紧挨着白菜叶子，柿子的红与菜叶子的绿很分明。

二

小院右边放着秋收的玉米，还没有脱皮，白天干其他的活儿没有时间，就晚上脱皮。正门上方有灯泡，晚上干活就开亮。脱下的玉米皮满院子都是，一点儿也不美，白拉拉的，但它们有很好的韧性，可以编织蒲团坐。这都是二十年前外祖母做的事。我不愿意干活时，就对妻子说，我要写诗，妻子认为我真写诗，就答应了，哪里有那么多的诗可写，只是在电脑前玩会儿罢了。

乱乱的小院，我不知为什么喜欢它。有鸡屎，有狗屎，有麻雀的嚷叫声，有开始衰败的丝瓜藤，有两棵核桃树，一棵还小，一棵已经挂果了。有一棵老枣树，老枣树年年结红枣。我吃完葡萄就开始吃红枣，我喜欢硬质的枣，特甜。老枣树有一个枝伸到了房檐，我站在房檐伸手就能够着。摘完这个枝上的枣，我就站在树下望着好几米高的枣树枝发呆，后来有了办法，用竹竿敲，像小孩子一样敲，竹竿碰到枣树枝，发出“咔”的一声响，每次都有收获。那些被雨水浸坏的枣，掉落在院子里，脚踩上去感觉很不好。

接近中午的时候，阳光好像集中到这里，靠近北面的事物更加清晰，不受阴影的干扰。如果无风，院中的所有东西都不动，一切静止得好像屏住了呼吸，我不喜欢这样的情景，有压抑的感觉。小马蜂沿着墙壁飞飞停停，我不知道它们在寻找什么，它们的身子是黄的，屁股上有类似斑马的圈。麻雀们都躲进树冠里了，叫声也不比早晨鲜亮，这些叶子总爱掩饰一些毫无主题的事物。在这个足有二百平方米的小院，谁也不干扰谁，谁也不羡慕谁，都是自由的。它们按照各自的意愿存在，我也不去打扰它们，只有在迫不得已的情况下，折掉一根树枝或在一个地方插一个木杆。豆角的藤蔓已经衰老，它们毫不畏惧死亡，葡萄的叶子已经泛黄，那是一种难得的熟黄，是一件事物走到尽头的表征。站在房顶就可以把整个院子看得一清二楚，不知道为什么，此刻我会有一种陌生的感觉。这是我的小院，清晰、简单、朴实。我的很多诗就是在这里写的，没有特别的事物会突然打扰我，我时常处于安静的状态。对过去的事物陷入回忆，对未来的事物充满期许。

小院不大，但可以看到天空的所有变化。一只鸟没有停留飞过去了。一只鸟在我家的枣树枝上停留了片刻。一片白云径直从我家的小院上空飘过去了，它要赶上前面的那一片，没有片刻停留。一片乌云过来了，它停在了小院上空，浓浓的饱含了雨滴，它要下雨，从我家开始它要把雨滴下到我的村庄里。这时，我就把这个消息告诉我的左邻右舍，让他们早做准备。看看收获的谷粒盖好了没有。从我家小院上空天气的颜色变化还能知道哪边刮风了，这场风要刮多久。

每年秋天，院子里堆满了庄稼，玉米、豆子、红薯，它们新的颜色给小院增添了色彩，腥甜熟香的气味飞到了院子的每个角落，因此饭食好像香了许多。

小院不大却装满了整个秋天，我享受着辛苦换来的结果，越来越像一个合格的农民了。褂子不扣扣背着手走路，有时端着碗在街口吃饭，有时故意弯着腰学外祖父的样子，一点儿也不像诗人。有时站在房顶上，能看清四邻，他们与我一样整天忙碌，几十年没有犯过脸红，都很和善，遇到重要问题时在一起商量对策，不过很多的日子都是吉祥的。为了生活，我们早出晚归，没有时间坐在一起打扑克。忙碌的生活时常让我衣衫不整，头发也顾不上理，只有走对头时互问一声好。

院子里靠左有一架葡萄，年年丰收，果实不大，甜。熟期每天劳动回家，吃几粒，清爽，可口。葡萄结得多，来人必夸奖，赶忙让吃几粒，邻居也喜欢吃。妻子不做葡萄酒，去年做坏了。整个夏天我吃葡萄，听别人说吃葡萄有好处，就日日坚持。有时兴致来了就用手机拍几张葡萄熟了挂满了枝头的照片发给朋友们欣赏。

院子里没有奥迪，有一辆“永久”牌自行车，还有一辆“津·阳光”电动车。“永久”牌自行车已经老旧，从前外祖父经常骑，骑着它找村主任为宅基地的事，有时赶庙会买镰刀、锄头。电动车是我的坐骑，我骑电动车去县城买玉米种子，到官庄变电站买电，有时到邮局发信。如果遇到紧事着急，电动车后胎没有气，我就匆忙骑“永久”，很像外祖父的样子，身子左右摆动。

外祖父离开以后，院子里就安静些了。他在时弯着腰，双手按着锄或铡刀，在磨石上反复搓动，声音从那里挤出来，迅速飞蹿到各个房间。外祖母一直缝补，我很少被这种声音惊动，只有这种声音怪异尖锐时，我才抬起头查看怎么回事。但这样的情景不常发生，我低着头，目光在纸上，只要那个高大的身影离开，我就起身走向院子，我在沾着锈水的磨石前站了一会儿，地上还有许多的水痕，有一处还汪着小水，有一只麻雀快速栖落饮水，这是生活的铁证。

这是我外祖父给我留下的院落，房子是他亲手盖的。他怕我找不到媳妇，早早给我翻盖了新房。

我外祖父是一个极勤劳的人。

现在，院子里还保留着外祖父使用过的农具：磨石、镰刀、大锄、犁铧、鞭子。我不忍心丢弃。它们在我家的院子里一点儿也不碍事，我能从它们的影子里迅速找回二十年前的记忆。

院子里空荡荡的，我们也不在这里居住了。我们在另一座新房居住，孩子们都在城市里。但我的书房还在这里，我喜欢一个人在这里，静静独坐，思考、写作。喜欢早晨的阳光透过树叶落在院子里的矮墙上。

这就是我的家，简单、平常。

想念秋虫

我居住的房子全是水泥，一年连一只老鼠的影子都看不到。由于封闭得严实，室外清新的空气都很难进来，如果不打开窗子透透气，感觉憋闷。

这跟过去的生活完全不同。十年前我住着土木结构的房子，那是我的外祖父留下的，我在那里居住了四十多年，从来没有感到不舒服，一脚踏出门槛就是院子，就是明媚的阳光，就是新鲜的空气，就是树影婆娑的天空，就是满耳的鸟鸣。现在不是，即使你走出门槛还要下去五六步的台阶，每次下台阶都要提醒自己小心。院子也是用水泥砖铺好的，院子里很少树木，有一两棵也是果树，这种树矮不适合鸟栖息（这自然有鸟的道理，树枝低矮担心人的袭击），因此也很难看到鸟的影子。

土木结构的房子，窗户是用纸糊的，窗外的声音很真实地通过窗纸飞进屋子里，传入我的耳膜，院子里发生的事情不用出屋就知道。现在的窗户全是玻璃封闭的，即使外面有很好的声音也听不到，除非是剧烈的声音震动了玻璃，玻璃再震动屋子里黏稠的空气，这时你就被搞得头昏脑涨，没有方向感。

居住在旧院落里，简直是生活在秋虫们的场子中。半夜起床小解，院子里随便一个地方就会有蟋蟀歌唱，它可能就在洗衣板的下面，或者是在压水机的一旁，更或者是在几株杂草的脚跟处，有时是从厨灶那里发出来的。你正懵懂着小解，困意正浓，突然听到几声蟋蟀的鸣唱，立刻清醒了许多，你竖起耳朵想多听几声，可是那几只蟋蟀预感到什么似的就一直没有再叫，你又立刻沮丧了，随之困意又袭来，你什么也不想地转身进屋睡觉了。

儿时的一次经历令我终生难忘。十二岁那一年的秋天，因为父亲给哥哥买了一件运动衣，没有给我买，我觉得不公平就大闹天宫，我一边声嘶力竭地哭喊，一边摔上学坐的小凳，母亲好言相劝也无效果，奶奶在一旁唉声叹气也没法子。后来父亲想出了辙。父亲突然对着我的耳朵说，我有更好的东西给你。我被父亲的神秘迷惑，立刻停止了哭啼。我跟着父亲来到距离村庄四五里地的大沙河，那时大沙河里没有水，但却长着茂密的野草，野草里有数不清的虫鸣，当时夕阳西下余晖洒在野草的草尖上，很美，再加上虫鸣从草丛中飞出，我立刻来了兴致。父亲弓着腰悄悄接近草丛，并示意我悄悄地不要发出声音。我听到了一只蝈蝈奋力地鸣叫着，我知道父亲想逮住它，父亲悄悄向前迂回着，而我站在原地等待着战果。突然蝈蝈停止了鸣叫，它是不是发现了父亲的身影？父亲一动不动等待着目标出现。等了好长一段时间蝈蝈可能以为我父亲离开了才试探性地叫了几声，这一叫不要紧这只蝈蝈从此失去了自由。父亲迅速出击，把蝈蝈逮进了手掌。我的兴奋无以言说，回家后父亲又找来高粱秸用刀子劈开，制成一条一条的席篾，然后开始他的手艺。我一边观察父亲的手艺，一边观察用箩筐罩住的蝈蝈。没有十分钟，一个盛蝈蝈的小笼做成了，以前我从没有见过这东西，这东西本身的技艺就很吸引人。后来父亲把蝈蝈放进了蝈蝈笼里，我看见蝈蝈胆战着靠在小笼一侧默不作声。父亲让我去外院采了一把青草，我一根一根把青草塞进笼里，希望蝈蝈来吃，可是蝈蝈依然一动不动，天已经很晚了，我要去睡觉，睡觉前我把蝈蝈笼挂在了窗棂上，我希望天亮之前蝈蝈把这些食物吃掉。后半夜，在我蒙眬中听到蝈蝈叫了，那么轻松、自由。我立刻精神起来，听了蝈蝈一阵鸣叫，才去继续我的睡觉，梦中又听见蝈蝈叫得欢实。由此我对蝈蝈的喜爱一直延续到成年，中年以至老年。我不但喜欢蝈蝈的鸣叫，还喜欢其他秋虫的鸣叫。它们各具其音，有高亢的，有低缓的，但都是发自它们内心。我喜欢这种发自内心的声音，不造作、不虚伪。

我想念有秋虫的地方，想念秋虫的歌唱，它们完全是灵魂自由时发出的内心的独白，没有拿腔拿调。它们的歌唱完全与我的思想一致。

在我生活的地方，它们具体是蟋蟀、蝼蚁、蝈蝈、蚂蚱、地龙、蚂蚁、飞蛾等。有的我说不出名字。有些秋虫是不发声的，它们一直默默地寻找食物。业余的时间坐下来说说家常，它们就像和谐的邻居，交谈着明日的计划。除了那些不发声的全都歌唱。歌唱自由、歌唱空气、歌唱月光，用歌声抒发自己的理想。或许都不是，只是求爱的信号。但它们确实发出着声音，无论声音里容纳了怎样的意愿，的确好听，入耳，让我们忘却烦忧陶醉在它们的声音里。如果是因为一次的劳作你在田野上过夜，你就在现场，实际上你就加入了它们的合唱，你就是其中一员。耀眼的星月或者徐徐的凉风陪伴着秋虫的合奏，这样的境况你没有一丝的睡意，真真是竖起耳朵很怕丢失了其中的一个音符。“它们高、低、宏、细、疾、徐、作、歇，仿佛曾经过乐师的精心训练。其实它们都是神妙的乐师，众妙毕集，各抒灵趣。”（叶圣陶语）

的确想念秋虫了，绝好的自然诗篇，把我们一次次引领入自然的怀抱，使我们的灵魂一次次放松。但是现实是我们距离秋虫合奏的地方越来越远，即使就生活在乡村，每日被匆匆的生活内容搞得糊里糊涂，也没时间去听取秋虫的合唱，没有了那一份心境。即使躺在炕上看着是休息了，脑子还在旋转，这就是现代人的生活节奏，没有人能够逃避。

想念秋虫。

在乡村走走

我没事的时候好在村庄瞎串，碰上以前没看见的事物好奇，不免上前去看个究竟。比如一家房子倒塌了，有几根檩条被埋了半截，窗户没有被埋住，窗棂上一年一年糊的窗纸的痕迹还在，墙角处还有一张方桌，方桌上蹲着一面有底座的镜子，底座上刻着梅花和小鸟。方桌已经很旧了，四条腿有三条被土埋住。有不少学生的学习奖状直接用糨糊粘在了左面墙上，奖状上印章的颜色已经似有似无，而正文用毛笔书写的“三好学生”“王静同学在本年度考试中名列第二名”等要款还清晰地显示着碳墨的黑色。我站在倒掉的前墙凸处看着这一切，这里非常寂静，仿佛还能找到几十年以前的时间。没有看到耗子的行踪，那些屋瓦刚刚被雨水淋过，很新鲜，好像昨天刚落下来。

我正聚精会神地看着，“这家的主人已经住到城里几十年了”，突然一声传入我的耳朵，把我吓一跳，我急遽地转动头颅查看声音的来处，没有看见人影，我还在惊恐中，又一句“这家人可好了”，这下我找到了声音的来处，原来在头顶。我抬头往高处看，看见一位妇女在房顶上晒东西，这时她把目光对准我又说：“看什么呢?”我立刻回复说：“没看什么，随便看看。”女人又亲切地说：“这家人可好呢，有什么好东西也让我们家吃，朋友亲戚们送的好东西无论多么奇缺，都要让我们家尝尝，孩子们在一起玩从来不打架，手里的食物常常分着吃。”那位妇人的一席话说得我心里暖和，我的目光离开这堆房土，想继续听妇人说下去。我还没有张口问，妇女又说：“这家人特别有修养，文明得很，从来没有跟街坊四邻吵过架，连一句犯脸红的话都没有说过，那几年每年春节回来过个年，邀请街坊邻居喜气洋洋地坐在他家吃顿饭，喝个小酒，真是好。你说人活着不是图一个人气吗?”我被这位妇人的话感动了，我想继续听这位妇人说这家主人的故事。于是我说：“你说得对，人活着就要活好，不让人戳脊梁骨。”妇人又继续说：“男人吧，长得一表人才，身体魁梧，有一身好力气又有一头脑文化，谁家有需要力气的活儿一句话，无论手边忙着什么，放下就大步流星地赶过去。谁家需要写写画画，只要你找到他立马解决，我们这一块街坊四邻谁家过年贴对联都是他写，真看不出来他一个农民打扮的人却写得一首好字。女人也好，学的一手好活儿，谁家孩子结婚的婚被都是她给做，也不要报酬。七八十年代村里的小伙子当兵她都给绣一副鞋垫，鞋垫中央绣着八个大字——当兵光荣，报效祖国。还有谁家小孩子的衣服她也给做，小衣服上面绣上小兔、小鸟，孩子穿上显得特别机灵。唉！这一家人真好，可惜住在城市里现在不常见面了，不过也没关系，我们时常电话联系。”听得出他们两家的关系很密切，是好邻居。我往下说：“人都是往高处走的。”我想引出往下的话题。我不知道妇人在房顶晒的什么东西，只看见她用耙子往大处扩展着。突然妇人问我：“你是干什么的？无端给你说了这么多话。”我说：“不干什么，我走亲戚，没事情就随便走走，看看，你们村庄很好。”我随便说了一个朋友的名字，妇人听后点点头说：“哦，这个人我知道。”

我总不能一个陌生人老是跟一个妇人搭话，我想离开，我抬头跟房顶的妇人说：“你忙吧，我去别处转转。”妇人把头扭过来冲着我说：“好吧，你去别处转转吧，对你有好处。”我离开这里向别处走去，我发现村庄里有好几处房屋倒塌了，也没有人清理。村庄里年轻人确实少，只看见好多上了岁数的人，仨一群，俩一伙，坐着小马扎说闲话，好像就是专业的看家人。他们看见我，目光盯着我，好像要识别我从哪里来，来干什么。

我在村里毫无目的地走着，看着一家一家紧闭柴门，院子里的树却长得茂盛，感到心有所系。我心系什么呢？具体也说不清。反正感到朴实的村庄、淳朴的乡村民情在一点儿一点儿远离我们。

这几年我确实思考着一个问题，大量的人拥入城市，空心村的说法也兴起来，而那些无休止地离开村庄的人是不是能找到更好的出路？城市？城市只不过是乡村养大的孩子。

我与水井的情缘

我对井的记忆是深刻的，我家大门旁便是一眼老井，打记事起，左邻右舍都是从这眼老井里提水吃。这井的历史有多长也没有人说得清，估计有二百年的历史了吧。

我刚刚能走路时，就向这眼老井奔过去。外祖母看见，惊得一脸的冷汗，一把逮住我，并恨恨地说，不要你的小命啦。

井对我充满了诱惑，那种有别于其他事物的构架，的确新鲜而诱人。我不死心地听命于暂时的拒绝，我想以后机会多得是。我一天天长大了，长到了知道什么叫危险的年龄。外祖母开始对我松懈和放心。我也因获得了一点儿自由的权利而高兴。我可以无所顾忌地从井台上经过，然后低下头向井底观望。我第一次观望，就发现了另一个我在水底也在观望。水底有天，灰蓝灰蓝的，偶尔有一只燕子飞过。我觉得好奇，观望了足足有两个小时，华子爷爷在老远的地方就沙哑地喊：小果，不要老在那一个地方，危险。我觉得华子爷爷的话有些滑稽，不过为了给华子爷爷一个面子，我还是悻悻离开了。

放学了，书包在屁股后因里面的石板的重量而后坠着。我迫不及待地走到井台，向井底望去，水清澈无比，水底依然有我的身影，天空还是灰蓝灰蓝的，我沉入梦幻一般研究着这优美的构架，希望更奇异的现象在井底出现。

井有十多米深，井壁是用大青砖垒起的，潮湿而安静，接近井口的地方，有几块大青砖，顶不住岁月的磨损而破败、残损，显示出古老的沧桑感。但是每一块砖都坚守在那里没有丝毫松懈的态度。井口收拢，井沿有半块磨石放在那里，提水前后，都要把水桶放在半块磨石上，那里坚固干净，没有尘土。溢出水桶的水落在上面，然后再折回井底。这时只要静心，你就会听到水滴落在井水里的叮咚声，像神话一样美丽。井沿光滑，青色的半个磨石，已经看不出“吃面”的牙齿了。这块青石不知是哪座山上的，恐怕它做梦也想不到流落在此。井台高出地面半尺，下雨时雨水就会分流而出，不往井中倒流。到了秋季，华子爷爷就做了一个井盖，盖在上面，防止树叶刮进去。

没事的时候，井绳就那么空空地垂着，在井口的中央，由于井口的圆形，构成了一个不错的几何图案。后来井绳换成了钢丝绳，是华子爷爷的三小子从一个废品站上捡回来的，钢绳要比麻绳结实得多，但是缠绕辘轳的声音要比麻绳刺耳得多。没有麻绳的温柔和无声。辘轳是枣木的，辘轳轴也是枣木的，转动时发出不情愿的磨合声，膏上一点儿废油就变得光滑而省力，一只手便可转动。绳头的铁环，光洁而明亮，无论谁家提水，铁环与水桶的碰撞发出清脆的声响。我在我家的窗前听得入神而遐想，我能从铁环与水桶的碰撞声中分辨出是谁在提水。

由于距我家很近，外祖父从没使用过扁担，一只手提一桶水，稳稳地放在外祖母做饭的厨房里。水清而甜，我们都乐意生喝，谁也不肯浪费。华子爷爷特别爱惜井水，谁家邋遢女人提水，打老远就喊，跺跺脚上面的尘土，再去提，或者拍拍身上的灰尘。华子爷爷是一个有文化的人，教过书，穿衣走路特别整洁。他的大小子在县里文化局上班，每次回来都给华子爷爷带好吃的，苹果、香蕉。我是在华子爷爷家第一次吃到苹果和香蕉的。华子爷爷处事、说话具有老辈风范，没有虚夸，小巷的人们都很尊敬他。华子爷爷一人过日子，老伴去世早。他提水时用一大号铁壶，简洁而方便。无论谁提水，都极力走得稳妥，不让水溢出桶外。

意外的事情也发生过，小傻他娘半夜里突然跳下去了，紧张使我们小巷的人都围拢过来，小傻他爹，毫无羞色地脱光衣服要往下跳，人们拦住他，往他身上捆了一个粗绳，才让他慢慢往下滑。小傻他娘最终没被井水淹死，只是摔伤了腰。事后华子爷爷几次找小傻他爹了解情况，斥责他以后绝对不允许发生类似的事情。小傻他娘为什么跳井，我一直都不知道原因，只听到几句小傻走在他爹的背后时骂他不是人的话，我为小傻如此大胆的不孝而担心，其结果什么也没发生。

随着岁月的流逝，人们对水的需求量增大。水位普遍下降，井水很快干枯了，这是一个事件。华子爷爷急切地找到外祖父商议，愿意拿出五百元钱修复水井。外祖父觉得这样不妥，一时没有答应。正在踌躇中，大队里说要统一安装水管，不让各户打井了。这个突然的决定，让华子爷爷不舒服了好一阵子。水管很快安装好了，一些人脸上露出喜悦，一些人脸上毫无表情。水管放水时那种急不可耐的声音让人厌恶，再也听不到那仿佛歌谣的辘轳声了。

我长大了，就到了外地上学。几年后回家看望双亲，竟发现水井被填平了。我问外祖父为什么这样，外祖父深有所思地说，放着也没用挺危险的，小傻他爹一次喝醉酒栽进去了，磕得鼻子不是鼻子，眼不是眼的，是你华子爷爷提出让填平的。

有一次，我走在小巷中看见华子爷爷衰老得路都快走不动了……

种红薯

我们每年都种上一亩地的红薯，因为我们爱吃，朋友们也爱吃。

每年春天，谷雨过后，我会到附近的一个红薯苗基地去买红薯秧，那是一个很大的红薯秧培养基地，有十几种红薯苗。用户根据自己的需要挑选。一些种植户考虑产量高、能带来巨大经济效益的种苗，他们种植面积大都在几百亩以上。而我们的种植全是为了享受红薯的美味。

我家在河里包了二亩沙滩地，用来种植花生和红薯。沙滩地有种花生和红薯的优势，因为它们属于沙土漏地，不存水，种上的作物的根茎不容易受到水的浸泡。花生干净，红薯光滑。

种一亩地的红薯，不需要大型机耕，就用我们的驴翻耕，现在驴卖了就人工刨耕。先撒上红薯喜欢的肥料，就用锹一锹一锹翻开，然后把那些肥料埋进土壤。同时埋入土壤里的还有生生不息的种子。

翻土地是一项苦活，翻一分二分土地还凑合，翻一亩就苦了，现在乡村生活里还没有看见过用锹翻一亩土地的人。用锹翻地的人家或许就我们一家。不过我从来也没有感觉到翻土的无趣，我翻地的时候，大多选择一个晴朗的天气，无风。太阳光直直地照着我和我的土地，我一锹一锹用力的样子很多鸟看见了也觉得有趣，它们在我的周围飞舞，不停地叫，尤其是灰喜鹊叫得更急。一只灰喜鹊想让两只灰喜鹊知道这里的情况，两只灰喜鹊想让三只灰喜鹊知道，就这样它们集体地鸣叫，不一会儿就聚集了很多的灰喜鹊。很多的灰喜鹊在我的头顶飞来飞去，我一点儿也感觉不到寂寞。累了，就把锹放在田埂上，然后把我疲倦的身体也放在上面。我坐在那里抬头看着这群自由的鸟们，看着它们自由地飞舞、自由地选择食物。看不出它们有什么生活计划，完全是自由的、放浪的、随遇而安的。它们无拘无束地展示着自己的喜怒悲欢，从来不追逐鹰的高度，它们早早地认识了自己，该飞时飞该落时落，广阔的人间大地就是它们生活的空间。不像我们人类，追逐、争名。

土地翻耕好以后，我们还要选择一个太阳光不太强烈的日子，栽秧苗。那些秧苗因为稚气，因为幼小，我们必须呵护。

栽秧苗时我们全家出动，仿佛参加一场宏大的祭祀活动。父亲母亲他们有丰富的种植经验，我每次栽得不合适时母亲就提醒我，不能太深了，又不能浅了。我们都弯着腰，像从土里寻找银子。妻子腰杆不行，弯一会儿腰就站起来缓一下。母亲看见就说你们呀，你们这一茬子年轻的腰杆子都不行。我想不是腰杆子不行，是从事的这样的劳动太少了。没有生活的逼迫，谁还愿意参加这样的体力劳动。一亩地我们四个人一上午就栽好了，栽好以后就得马上浇水，这样便于秧子成活。我回头看了一眼站得整齐的秧苗，就向井台奔去开闸放水……

秧苗栽上以后，就得时常来看看秧苗的生长情况，是否全部成活，如果其中有一棵干枯了，就得把它扔掉重新补上一棵。再就是注意经常松软土壤，松软土壤可以让土壤透气，再就是不给杂草生长的机会，一旦控制不住杂草整片地就荒了，整片地荒了一年的庄稼就白种了。一年啊，想想多么严重，这样就是当农民的失职。当一个合格的农民也不是那么容易。

红薯的生长期大概需要半年的时间，其中经历松土、拔草、提蔓、控长、浇水。这段时间可以放松自己，可以参加别的生产劳动，但心里绝不能把红薯这事忘掉，忘掉了就容易出问题，比如一次干旱，会使红薯如得了大病一样无精打采，枯黄。及时补救也得十来天才能恢复。所以说，你必须心里有事一样惦念着，这样才是一个当农民的样子。

半年以后，也就是霜降的这个节令一到，就是收红薯的时候。收红薯时选择一个晴朗的天气，母亲早早地让我们吃了早饭，带上镰刀、四齿和袋子。

来到红薯地以后，映入眼帘的是满地的红薯叶子已经干枯，颜色是黑的，露出满地的红薯堆，它们高于地面，凸凸的，上面还有裂缝，这种迹象说明红薯长得很好，丰收了，这是我们期望的。

随后，我们用镰刀钩去那些盘根错节的藤蔓，露出红薯的坟墓（我们充当了盗墓者），用四齿把它们刨出来。

刨红薯是力气活，由我和父亲干，我父亲已经七十多岁了，身体很好，这得益于常年不停地劳动。我们并排站着往前刨，刨红薯关键是要心放静，就像我二爷常说的，刨红薯不是手在刨而是心在刨。那时我小，根本理解不了这句话的含义，现在彻底明白了。

我们向前刨着，红薯一颗颗露出了真容，它们还傻笑，那意思好像在说，我们藏了很久了，你们始终找不到我们。它们长得确实俊俏，红红的脸膛儿，又温和，人见人爱。从我们家红薯地旁路过的人都驻足观望，脸上带着笑容。

母亲和妻子在我们身后把我们刨出来的红薯归拢，抹去还沾在红薯皮肤上的少许的土星。她们脸上洋溢着微微的笑意，动作却麻利地将红薯收在袋子里，仿佛担心这些红薯会不翼而飞。她们对今年红薯的长势很满意，但谁也不说红薯长得真好这几个字。农民都是这样，谁也不会去自夸。

太阳落山的时候，我们的劳动也结束了，感觉很累，但看一眼身后这些丰收的红薯，累马上就消失了。我站在我的土地上向夕阳瞭望，感觉很美，夕阳的余晖洒落在大地上，万物呈现出和谐。

当我转回头时，突然看见一群鸟儿又飞来了，它们绕着我们飞翔，尤其是灰喜鹊，它们不停地鸣叫，仿佛为我们唱赞歌。

寒冷的冬天我的写作

一

我可能是我们村庄醒得最早的一个，为了写东西，我不得不把手机铃声定到凌晨三点钟，三点钟铃声会按时把我从梦中叫醒，如果不叫醒我它会感觉失职，无论多么甜蜜的梦境它都会把我拉到现实中。我知道在这个世界上有很多人与我一样熬夜，千真万确被生活所迫，没有富余的零钱。只好熬夜，熬夜就意味着你的时间比普通人多。你利用很多的时间就是完成你的思想、你对这个世界的看法。

为了写点儿东西换取几个小钱花，我们熬夜。这是我们的生活方式。我熬夜的理由是：一、我没有任何国家福利；二、不是国家公职人员；三、我是一个普通农民。有时生活的窘迫让我哭不是哭笑不是笑。我已经二十年没有添过新衣服了，都是穿别人穿过的衣服。现在的衣服结实不容易穿破。每当我拿到一件别人穿过的旧衣服，我就心生欢喜。心里独语，这么好的衣服怎么就不穿了。然后我就很爱很爱地把衣服洗一洗、晒干，叠起来准备穿。因为我身上正穿着一身别人刚给我不久的衣服，我很喜欢这种样式，是一种老式服装但又不失现代气息，感觉很适合我。也就是自我感觉很好。我不知道别人怎么看我，但我也从来没有听见过别人如何说我的衣服好与不好。我耽于自己的满足里，一天一天度着日子。有时老婆也劝我买一件新的衣服，这怎么可能呢？对于一个以前很穷，现在也不富余的人，怎么能大手大脚花钱呢？钱实在是来之不易。是一滴一滴的汗水，有时是血滴。生活告诉我必须简朴，不能浪费。

这是多年养成的这个习惯。思想观念不能改变就按照习惯生活吧，国家法律也没有要求我们的思想随时代必须改变。

现在说说我是怎样写东西的吧，由于铃声的强迫，逐步变成了习惯。习惯让我的大脑在早晨三点钟必须醒来。我已经撤掉了铃声，铃声让我开始讨厌它，因此我必须撤掉。起码我多了一份清净。我当然不愿意起床，我坐起来，坐三五分钟直到完全清醒了，知道了我为什么三点钟起床而别人还在酣睡时，我起床的动力就来了。我起床了，如果是夏季还好，如果在冬季，你刚一坐起寒气就向你袭来，好像是斥责你为什么这么早起床。衣服是凉的，裤子是凉的。咬一下牙凉就不凉了，到厨房里洗一把脸，疲倦完全消失，然后小解一下，就开始打开电脑。我已经换了三台电脑了，都是别人不用的。每换一次心里就高兴一阵，因为新换的电脑无疑是比上一个好用。我的思想单薄，写不出厚重的文章，一般都是豆腐块儿，在报纸上发发，一次就给四五十元钱，刚够电费、手机费的，我很知足。

坐在桌前打开电脑的一瞬间我会吃一点儿东西缓解嘴干，然后进入状态，状态很重要，进入不了状态就是失败。我感觉干任何事情都需要状态，体育运动员、下棋高手，某一次的性爱。状态是成功的要素我认为。

每次都是我先看别人的文章，从别人的文章里找到写作的方向。方向找到了我就迅速进入写的状态，我始终认为我的写作更恰当地说应该是写东西。更谈不上创作，农民出身，没有经过科班，完全是爱好、兴趣，没有读过许多书，更谈不上思想。只是写东西。东西是沉重之物的总称，我写的文字里有东西了我就满足了。我是一个容易满足的人。

有时正在状态中，一辆通过街道的卡车就会惊扰我的状态，打断我的思路。我就停下来闭一会儿眼睛，等待状态重新到来。继续我的豆腐块儿，在现实生活中有很多人愿意吃豆腐，它有它的小味儿，是任何食物不能代替的。我每日清晨坐在电脑前制作小味儿，有人愿意品尝。要命的是，时间一长伸在电脑下面的双腿感觉拔凉，天长日久我落下了腿疼的毛病，看一次要舍掉我的十几块豆腐块儿，也就是说我有十几次的清晨是白白做了无用功。还有一种情况是，我每次写东西要把灯开亮，老伴儿正在睡梦中被突然开亮的灯光照醒就责备我一顿，我只能话语温和地赔不是，如果我也火气满满地顶撞她几句就会闹得天翻地覆。为了避免，我自觉地配置了低瓦数的台灯，现在的 led 灯很好，既省电又光亮。我就悄悄地打开台灯，有时为了避免不愉快，头天晚上我就告诉妻子你睡觉的时候把头转向墙角，这样打开的台灯光亮就不会刺激到你。这是实际问题，放到自己头上也会气不打一处来。你想想睡觉是人类重要的生理活动，如果在你甜睡的时候，有人打扰你你会怎么样，结果是一样的。所以理解别人是一个人起码的道德。在道德的约束下我们才生活得正常。这个问题就这样解决了。这几年好了，我妻子进城给儿子带孩子，家中就我一个人，自由多了。我可以没有了许多顾忌。但另一个问题就出现了，就是供热问题，我一个人在家怎么计划也不能把暖气打开呀，打开暖气就意味着纯粹浪费，我一个人每天消耗二十多元，那怎么能行呢？尽管妻子临走时嘱咐我不要关闭暖气，关闭一次又打开需要好长时间屋子才能暖和。如果她回家一次，屋子里清冷清冷，那怎么受呢，我点头应承着，可结果是妻子一走我就立刻关闭。我也怕冷，我有我的办法，冷了我会在房间里踱步，活动身体是把自身的热能排挤到皮肤，实在没法子了我就把被子捂在身上一会儿。后来我在田野散步的时候发现，到处都是柴火，社会进步了烧火取暖的时代结束了，人们嫌弃柴火的脏、乱，就把数不清的柴火拉到野外扔掉，我觉得这有点儿不近人情。想了一个法子，我每天拉着人力车去捡，捡回来就送入火洞点燃，熊熊的火焰从烟洞直上天空，房间里温度立马升高，我很得意。有一次我正得意，村主任在门外喊我，小果，小果！听到村主任喊我，我像兔子一样奔出来，看见村主任我软软地说，村主任，是你呀！有什么事吗？村主任严肃地说，你点什么东西，你看看你看看那烟腾腾的像火车头，赶快灭掉，不然乡里发现了会罚款的，又补充说，乡里在附近安着摄像头，一眼就能看见。我惊异了一下，我惊异的是摄像头三个字。村主任说，还愣着干什么，赶快灭掉。我如梦初醒，“啊”了一声转回身往屋子里又兔子一样跑去。面对炕洞里着的正欢的干柴我束手无策，突然我想到了水，我立刻从厨房取来水泼在火势正猛的干柴上，没有想到那汹涌的火舌向我的脸扑来，我的眉毛一下子就没了。一个没有眉毛的人以后怎么在大街上行走，这是一个问题。后来我猛然想到村主任还在院子里，我赶忙又兔子样跑出去，院子里已空无一人，村主任走了，村主任把问题交代给我就转身走了，我知道村主任很忙，全村三千多号人，每天出现的问题也得有三千，这三千问题村主任都要有条不紊地处理掉，也不容易，何况村主任已接近七十的年龄了。村主任走了，我突然有一种失落的感觉，房间里又不能进去，刚才泼到火上的那一瓢冷水已经化作了蒸汽正从门口汹涌地冒出来，夹杂着干柴的青气。我躲开门口，站在一边看着，突然我掉泪了。天空昏黄，透过泪水我看见太阳变成了无数昏黄的小点，模糊了我的视线。

二

天空明亮了，东方露出了鱼肚白。也不知怎的，我的创作欲望一下子消失殆尽。现在我的生理最急切的需要是，到田野里散步。这是我最近一段时间养成的习惯，习惯养成以后我的生活就要按习惯进行，我感觉世界上不是我一个人受习惯的支配，百分之九十的人都是这样。

刚走到门口，感觉今天天气格外冷，我就又加了一件衣服。街上还没有人影，都在睡觉。大冬天的没有事情要做谁也愿意躺在被窝里消磨时光，有的不一定睡觉，而是翻看手机。通过一个小屏幕就能了解世界。我感觉手机真是一个好东西，能把无用的时间悄无声息地消磨掉，同时让人不感到时空的寂寥。

我拐了两个街角田野就呈现在眼前，今天早晨有霜，整个田野变白了，远处被雾包裹着，有几棵杨树也被雾包裹着。现在田野里的杨树少了，不比往日。以前不知谁定了要栽树的政策，把田间小路两旁栽满了杨树，那些杨树长大以后，好看极了。茂盛的叶子和枝杈使田野充满了生机，那时的麻雀也欢畅，因为它们有了很好的栖息地，它们可以肆无忌惮地在茂盛的树冠里打闹、飞动、发飙。

人们干活累了，就在白杨树的树荫下乘凉、闲谈。车把式还可以把牛的缰绳绑在树身上，让牛在限制的范围内吃草休息。一些热血涌动的男孩还会把喜爱女孩的名字刻在树身上。总之杨树的存在给人们带来了好处和方便。

现在那些杨树早就消失了，但我知道是一个往届的村主任把这些杨树卖掉了，钱放进了自己的腰包。好几个村民意见很大，大多数村民不言语。但谁也不出头去告村主任，可能是一个村子里，谁也不愿意正面得罪人。民不举官不究，因此村主任也就相安无事。

我当然喜欢那些杨树，它们的生长直插云霄，显得特别有朝气，尤其是冬季掉光了叶子的时候，露出纵横的枝杈，给了我创作的灵感，因此我写了好多诗歌赞美这些默默生长在田野里的杨树。我对杨树的歌颂暗含了对家乡的歌颂，暗含了对土地上默默劳动一辈子的人们的歌颂。就像茅盾先生的《白杨礼赞》暗含了对那些生活在中华大地上，默默为祖国奋斗的人民的歌颂。

杨树消失了，我的创作灵感就从庄稼、土地上寻找，有时一颗沙粒也能激起我的创作欲望。这也是我不离开土地的原因，离开了土地我的创作源泉自然就干枯了。

我缓慢向前走着，没有目的，眼前一片洁白，麦苗也被白霜包裹着，一动不动，好像安享白霜的沁润。田埂也无言，它们坚持着田埂的意义。那些穿梭在田野上空的电线也被白雾包裹着好像变粗了。电线杆无言地坚持着直立。田野里一只麻雀也没有，因为天气寒冷，它们也知道窝里温暖，温暖对于有体温的动物和人是多么好啊。我继续向前走着，寒冷也侵袭着我，不过因为我今早穿得比较厚还是能顶得住的。

六点三十分，太阳终于冲破迷雾，把明亮的光洒在大地上，广博的大地因了阳光的照耀也具有了活力，我认为阳光是万物生长之源，没有阳光一切都是灰色的、没有生气的。我们都有过某一特别喜欢阳光的时刻，这是人的天性。

冬天的大地已经没有了夏天的松软，寒冷不断袭击着大地，寒意已经侵入了大地的骨髓。这个时候你如果深爱大地就别去碰它，大地默默承受着寒冷对它的张狂侵袭。但我永远相信大地的顽强与毅力，最后胜利属于大地。一片一片的土地，颜色变得苍白，但是它的顽强坚韧，就在这苍白覆盖之下。

太阳的光线强烈起来，看着阳光很慢地划过低矮的田埂，划过那些衰老枯败的农作物的根茎，停留在土地被冻裂的缝隙上，好像受伤的动物舔着自己的伤口。这时我的心就会萌生忧伤，寒冷的冬天，我们能给大地什么？渺小的我们只能望着大地的伤处悲伤，却不能为它献出一丝的力量，而平时大地为我们的付出已足够多。

田野上那几棵遗漏的杨树叶子落得一枚不剩，光秃秃的树枝像有力的手臂伸向天空。有几只小鸟在毫无阻隔的田野上空飞动着，它们并不快乐，寒冷的袭击以及缺少食物的境况让它们无精打采。几棵秋收时遗落的玉米秆在寒风中抖索着。

在这样的时刻没有人愿意到田野里来，而在我的身后不知什么时候有几匹牲口啃着带霜的麦苗，阳光照着它们酱红的皮毛和尾巴。有两只绵羊也在那里。

冰冻的田野上，一个人背着筐子向远处走去，头上戴着棉帽，一只帽耳耷拉着，手里攥着一把锹。他走过田埂时，身子摇晃了一下。由于距离太远我看不清他是谁爹。所有的麦叶上沾着霜，东西南北的田埂也被白霜染着。雾沉沉的天气里，我穿着棉袄沿着那条夏日里经常走的小路溜达。有时看到一些粗心的农人收获时落下的萝卜、白菜被白霜包裹着，已经萎缩得仿佛一位久病的妇人，再也恢复不到原来的样子。还有一些初冬时挖的菜坑，菜坑一旁堆着的新土也被白霜染过了。一些土块被白霜包裹，有的像驴粪蛋那么大，有的像馒头那么大，一动不动地定在那里一样，非常无辜的样子。

浇地的井台那里也是寂寞的，出水口是铁的，它就那么淡然地在那里伸着，忍受着一个冬天无用的寂寞。冬天哪里都不需要灌溉，井台周围是枯干的野草，野草粗壮的骨架看得出它们得天时地利不缺少水分而生长得茂盛，也被白霜包裹着。还有近旁那根直立的电线杆，就那么傻傻地矗立着，仿佛队长让它永远站在那里的，从来不说一句话，也没有欲望要表达的样子，用手上去摸一把是冰凉的，它的根处有几粒冻僵的鸟屎。

孤寂广阔的田野上，不知从哪里飞来了几只乌鸦，现在已很难见到乌鸦的影子了，在冬耕过的红薯地里啄食遗漏而现在已被冻僵的红薯。有时红薯刚刚吃到一半它们就轰然飞走了，剩下的红薯露着凹凸不平的浅白色。不远处有一块棉花地，棉梗还长在那里，空空的棉壳被风吹得呜呜作响。

一块夏天我曾经使用过的石头还在我经过的路边，那是我们家的驴拉着一车麦子上坡时，为防止下滑，父亲让我找一块石头塞住车轮，后来不用时我就随手把它扔在了路旁，它还是我扔掉时的样子，肯定还没有第二个人搬动它。

我的土地就在众多的土地当中，我没有溜达到那里，它与众多的土地一样被寒冷包裹着。

冬天的大地没有使你惊异之处，仿佛把夏季的美包裹了、掩藏了，走在大地深处，也寻觅不到夏日里的乐趣。

九点多雾散了，太阳升得很高了。今天太阳出奇的明亮，光线也亮丽，普照大地，我的心情也豁然开朗。我已经没有了溜达的乐趣，我应该立刻返回村庄坐在书桌前完成我的那部散文集《乡村底色》里的章节。我已经为我的土地和村庄写了一千多首诗歌了，由于我的真情已经打动过无数读者，现在我要用散文的形式更真实地更细节地记录我的乡村和土地，记录发生在这片土地上的悲伤和欢乐的故事。让后来者读之明了他们的父辈曾经生活过的土地村庄是多么令人怀恋。

向回走时，村庄的整个面貌映入我的眼帘。